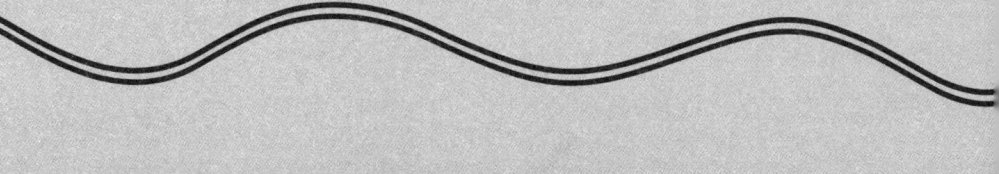

藏地白皮书

傅真、毛铭基 著

中信出版社·CHINA CITIC PRESS ·北京·

图书在版编目（CIP）数据

藏地白皮书：十年爱情见证版/傅真、毛铭基著. —北京：中信出版社，2013.6（2023.1 重印）
ISBN 978–7–5086–3983–3
Ⅰ.藏… Ⅱ.①傅… ②毛… Ⅲ.①散文集－中国－当代 ②杂文－作品集－中国－当代　Ⅳ.I267
中国版本图书馆CIP数据核字（2013）第 083996 号

藏地白皮书——十年爱情见证版

著　　者：傅真　毛铭基
策划推广：中信出版社（China CITIC Press）
出版发行：中信出版集团股份有限公司
　　　　　（北京市朝阳区东三环北路 27 号嘉铭中心　邮编　100020）
　　　　　（CITIC Publishing Group）
承　印　者：中国电影出版社印刷厂

开　　本：880mm×1230mm　1/32　　插　　页：24
印　　张：7　　　　　　　　　　　　字　　数：120 千字
版　　次：2013 年 6 月第 1 版　　　　印　　次：2023 年 1 月第 16 次印刷
书　　号：ISBN 978–7–5086–3983–3/I・377
定　　价：32.00 元

版权所有·侵权必究
凡购本社图书，如有缺页、倒页、脱页，由发行公司负责退换。
服务热线：010-84849555　　服务传真：010-84849000
投稿邮箱：author@citicpub.com

目录
CONTENS

序
>>>

和菜头：我曾经亲眼目睹爱情·005
望月者：你带来欢笑，我有幸得到·009
薯伯伯：现实中的童话世界·017
平客：老朋友，旧时光·019

2003 年—2004 年
>>>

西藏篇·025
大理篇·127
深圳篇·132
北京篇·136
香港篇·142
英国篇·147
后记·161

2008 年
>>>

五年·175

2012 年
>>>

后来·201

序

我曾经亲眼目睹爱情
文 / 和菜头

"非典"到来的时候,我们有逃难的行动却没有逃难的心情。
我曾经抵达过那圣地,看见星光落满湖面,也见过白雪从大地吹起。
我期待过宁静如煨桑的白烟一般笔直;
我幻想在世界的屋脊上奔跑有如羚羊。
我曾走过市镇,经过转经筒,却只是走过而已。
我以为那只是旅行箱上的标签,地图上的红色标记,直到
我遇见了你。

朋友,你好!

我不知道你在什么地方,又是因为怎样的缘由遇见了这本小书。很可能你根本不认识这两位作者,也不明白为什么书前面有个人莫名其妙地要给你写信。但是我觉得这样正好,这本书本身就是各种偶然和巧合的结果。只要在任何一个时间,任何一个地点,出现哪怕一丁点问题,那么就不会有现在的相遇。而它的结局是完全开放的,当你打开这本书的时候,你就成为这个故事的一部分。然后,我们一起成为传奇。

事情要从几年前说起,那是一个充满恐慌的年代。当时的空气里充满了白醋的味道,舌头上满是板蓝根的苦涩。似乎没有什么地方是安全

的，人们不知道应该走还是留，走又可以走到哪里。我想你应该明白我在说什么，如果你的脸上也曾经戴上过N95。有些人决定走出家门，无论将要发生什么，人这一辈子总会想着去一个什么地方。不为了什么，去到那里就好。比如说我就一直很想去智利，大陆的最南端，去看看"世界尽头的火车站"。

这本书的两个作者当时并不认识，但是他们几乎同时决定去西藏。在抵达西藏之前，他们并不知道后来会发生那么多事情，甚至根本不知道对方的存在。来自香港的工程师铭基不爱说话，甚至让人觉得有些冷漠和傲慢。来自内地的江西姑娘傅真性格开朗，但是她就像一片云在天空里飘来飘去，让人很难捉摸她的心思。西藏有千千万万间房子，在那一天，他们刚好走进了同一间。

就像一切老套的银幕爱情故事一样，他们相遇，相识最后相爱。拜托，不要二战时去卡萨布兰卡，二战以后就去西藏好不好？这不是在哄抬物价，恶意提高爱情准入门槛和成本吗？不过，请注意一件事：这不是演习，不是小说，不是电视剧，而是的确发生在"非典"时期的爱情，虽然名字是《藏地牛皮书》+《爱情白皮书》的模式，旅游+韩剧，正应了那句歌词：年轻的朋友一见面啊，做什么都可能。

不过，爱情并非因为海拔高就会自动绽放。而这本书也会告诉你，在雪域高原上并没有因为缺氧而使得彼此越看越美丽。和所有邂逅一样，双方心有所动，但始终默默无言，最后又各自返回各自的世界。真正的爱情需要那么一点时间分离，好教人做个判断：在没有你的生活里，我是否还能正常呼吸。等到铭基握住傅真冰凉的小手，超越一切语言文字的那一刻来临，已经是很后来的事情了。而且不是在白云壁立的拉萨，而是在风花雪月的大理。

谁都有可能经历这种煎熬。你在一个美好的地方偶遇一个美好的人，一切如此美好以至于你开始怀疑这不是真实的。每秒钟你的心念如同瀑流倾注，但是你闭紧了嘴，不肯泄露一个字。因为你不确信对方也是这么想，同时你觉得心里保有了一个甜蜜的秘密，只要一张开嘴它就消失不见了。这种事情是无法用笔墨形容的，我们可以讲述一个曲折动人的故事，但是哪怕用完了所有的中文技巧，也不能描摹内心风暴的一角。就像是哑子食蜜，蜂蜜的味道渗透了他的全身心，但是他不能告诉你那是怎样一种感觉。

幸运的是，铭基和傅真生活在网络时代，这个时代里提供了一种叫博客的东西，可以让人记录下自己的一切心情。铭基和傅真分别在各自的博客上记录了这一段时间里的心路历程，老天安排他们去西藏，又让他们在网络上写日记。现在双剑合璧，就是一个完整的爱情故事。

我以个人名义向你推荐《藏地白皮书》，原因有三：

首先，这是一个真实的爱情故事，虽然所有的爱情故事都非常土，但是它是爱情啊！其次，其中有整个西藏之行的介绍，可以作为背包西藏游的指南，了解一路上可能要面对的问题。第三，博客里有男女双方的细腻心理活动全过程，对于尚未恋爱或者处于恋爱中的人，可以作为参考。

结合以上三点，我可以告诉大家，这就是一本现代爱情指南。很多人憋着想写一本《"非典"时期的爱情》和《霍乱时期的爱情》相互辉映。但是，从2003年到现在，鸡都感冒三遍了，还没看见中国的作家写手弄出个前言来。如今，有了《藏地白皮书》，足以弥补这一空白，证明爱情远比病毒更伟大。

其实就我个人而言，我拒绝承认这段爱情很传奇，很动人。其实都很一般啦，不就是进了回西藏，恋爱了一把，克服两地分居问题，跑了整个地球两周半结婚了吗？无非是两个人的文笔比较好，大家在无意识的状态下进行作文比赛，所以在现世的爱情之上又造就了一个美好的文字爱情世界。所以，千万不要觉得西藏有成就爱情的魔力。数百个世纪以来，从未有任何一位伟大的修行者曾经如此授记。之所以他们能够找到，我觉得是因为他们还信仰爱情。

故事还有个有趣的后续。由于我自己的博客上力荐了这段佳话，建议谁帮忙出本书，就真的有编辑杀将出来，完成了这件事。现在，《藏地白皮书》即将出版，一个构想就要变成现实。看到这个消息我很高兴，虽然给朋友介绍别人老婆这种事情很糟糕，但是能发现一段故事，提出一个想法，又在别人那里得到了响应，最终成为现实，我想说：这种感觉太棒了，Fucking Amazing！一个香港人，一个江西人，在西藏发生一段故事，被一个云南人在高原上看到，把故事在美国的服务器上介绍给网友，再被湖南籍的编辑看到，在上海的办公室里变成一本书，再被全世界各地的中国人看到。这是我喜欢的故事，里面有爱情，有巧合，有奇迹，还有个跑龙套的我充当笑料。一切完美得和当年烟雾缭绕的录像厅里看到的香港录像一样。

现在，这本书到了你的手里。在你拿到这本书之前，我们彼此都还是陌生人。可现在不同了，你和我一样，成为了一个爱情故事的见证人。虽然大家分散在全球各地，但是有一种超越时间和地域的东西把我们联系起来。一如当初它让铭基遇见傅真，一如它让我在网上偶遇他们的博客。因此，我们可以这么说：我曾经亲眼目睹过爱情，它的确存在；我曾经真的见过幸福，以及这幸福的由来。

2008年3月16日
于昆明

你带来欢笑，我有幸得到

文 / 望月者

故事一般都得从头说起，从头说起一般都说来话长。不过，请保持耐心，有一个故事，从书店开始，以一本书的出版结束，是否算得上完美？

查林十字街84号，怎么又扯到它了。我也不想绕远绕到爪哇国去，我也想一竿子空降西藏，直接讲述一个更激动人心的传奇故事。可没办法，要在茫茫网海发现这个故事，查林十字街84号是个怎么都绕不开的关键词。作为一名"重症偏执狂患者＋附庸风雅书迷"，每隔一段时间，我都会下意识在网上来一番徒劳搜索，为的是寻找一张书店照片。当然我知道"故人已乘黄鹤去，此地空余黄鹤楼"——书店早已不在，不过听说书店原址有铭牌标识，供世界各地书迷前往凭吊缅怀那段与书有关的脉脉情爱。

亲赴英伦花费不菲，幸而如今有网络，网络不比别的海，更非阿甘默默与之较劲的密西西比河，随便一网撒下去，都是一场大丰收，只不过，这丰收战果的点算，常出人意表。某日，关于书的微渺梦想终于初露曙光，照进网络的现实，我搜索到一张传说中查林十字街84号的原址铭牌照片。只是没想到，随这一网被打捞上来的，还有一位失败的媒人、一款兰心蕙质赏心悦目的文学女青年、一丛飘荡着雪山清冽冷香的爱情萌芽、一场没在沉默中熄灭而在沉默中爆发的心灵火灾……够多了吧？原来这一切还只是开始，接下来，简直网无虚发，如深藏海底的仙山冉冉浮出水面，金色穹顶触到第一缕阳光，焕发耀目光彩。所谓如花美眷，原来他们真在自己的王国里似水流年。

童话的结尾总是：王子和公主过上了幸福的生活……这个童话有点特别，像所有对后来语焉不详童话的统一续集。我唯一的忠告是：保持旁观者的良好心态，切忌因妒生疑，而拒绝承认世界上真存在过分美好、以至于不真实的东西。

一切都得从高原上一位腿毛飘飘的胖子说起。他为因故得在英伦滞留几月的朋友操心，站在高岗上四处打望，正好他的博客又是一处非官方信息交换站，献计献策者争先恐后前赴后继。这么着，大洋那边一款姑娘映入眼帘，不由得欣然命笔。介绍文字才写了一半，发现姑娘已是幸福的早婚人士，并且走哪儿身后总伴着一位"阳光英俊"，做媒不成恼羞成怒的和菜头先生一方面不得不承认人家帅得跟布鲁斯南、布拉德皮特有一拼，都在人道毁灭之列；一方面恨恨将这位铭基同学形容为"讨厌鬼＋尾巴狗"。网络从来不乏好事者，一名和菜头的好心倒下去，千千万万个"探究癖"站出来，立马有人贡献出小夫妻的详细资料，有人爆料了铭基同学的博客，于是乎，"爱在'非典'蔓延时"的《藏地白皮书》被挖掘出来——在比特这个海洋里。

其实我也跟和菜头一样，拒绝承认这段爱情很传奇，"不就是进了回藏，恋爱了一把，克服两地分居问题，跑了整个地球两周半结婚了吗？"事情怪就怪在这里，张爱玲曾在《半生缘》中借世钧之口大发感慨："他爱的人也爱他，这在旁人看来是极普通的事情，对他却仿佛是千载难逢的巧合。"如今正好掉了个个儿，当事人双方看来很普通的事情，为何在旁人眼中却是千载难逢的巧合？江西姑娘傅真与香港小伙铭基相遇西藏定情大理团聚伦敦的爱情故事，之所以在网上被奉为传奇，不但赚取了无数纯情小女生的热泪，连平日里惯于冷嘲热讽不积口德树敌无数的和菜头也为之感动，一手促成网文在纸上的定格（相当于做了另一种性质的媒人），成就一段"四手联弹"的佳话，恰恰因为它的简单。不过就是相信二字——相信爱情，相信爱情值得努力，相信梦想终有一天能成真。

是我们的冷漠、倦怠、量入为出、轻易放弃，使原本简单的东西变得复杂，使爱情成为一桩麻烦事，使"艳遇"这徒有其表的过眼云烟假"爱"之名大行其道，使爱的灰烬在喋喋不休的追忆中回光反照，慢慢塑就我们世故而坚硬的心。

无数人怀揣一本《藏地牛皮书》进藏（我也是其中一位），只有两位收获了属于他们自己的《藏地白皮书》，仅这一条，便足以成为购买理由。阅读过程中，我还很八卦地列出这个以不可思议的勇气和热情急速向前推进的故事的详细时间表：

2003-04-25：拉萨相逢，地点八朗学旅馆。

2003-04-29：结伴旅行，目的地珠峰大本营。

2003-05-03：回到拉萨。

2003-05-07：故事的女主角真，离开拉萨，飞成都经昆明去大理。

2003-05-08：故事的男主角铭基，离开拉萨，回公司外派地南京。

2003-05-10：铭基同学从南京飞香港。

2003-05-11：千里赴约的浪漫行程正式展开，但我们也不能忽略铭基同学12小时马不停蹄的辛劳：香港——深圳——昆明——大理。这中间，他换了多种交通工具，分别是：火车，飞机，旅游大巴。

一周后：真也踏上一连串的旅程，大理——昆明——广州——深圳，直接导致的后果是，铭基同学从此加入深港两地每天往返的疲惫人群。在时光紧迫中倍感相聚宝贵的时光，持续17天。

2003-06-20至23：铭基同学飞北京。

2003-07：真飞赴铭基同学的故乡香港，待了六天。之后去英国留学。此时铭基也在默默筹备去英国工作事宜。

2003-08-31：伦敦希斯罗机场，不断忍受"分离——重逢——再分离"折磨的两人，终于幸福地拥抱在一起。

2004-05-02：真生日这天，铭基同学求婚。

2004-06-12：一个历时一年多一点的童话画上句号，与此同时，一个没有终点的童话开篇，两人在伯明翰举行俭朴而庄重的婚礼。

我承认我很八卦，我承认我还不可救药地"Anti-Romantism（反浪漫）"，列完这张时间表的第一反应竟是：好一场"奢华"的爱情！短时间内飞来飞去，每一次见面不光是时间和精神上的巨大消耗，同时也是金钱损益的无底洞。即便号称物质极大丰富的当今社会，我相信也轻易排除了至少一半人追求浪漫的能力。在此我并无恶意揣度二人家境的企图，其实从他俩的文字里丝丝缕缕透露出来的信息已足够多：女方出生书香门第，可远未达到暴发户的程度；男方作为普通香港上班族，荷包更没鼓到哪里去。说到底还是勇气，拼尽一生休孤注一掷的勇气，表面上看是花钱如流水的勇气，背后是面对有可能绝望的爱情不顾一切去把握的勇气。金钱作为最直白的衡量标准往往最有效：关键不在钱的绝对数量，而在钱的相对比例——愿意付出手中拥有的多少。千万富翁哪怕天天飞过来看你，也不代表他上心；冒着失业的危险千里奔赴，只为把自己作为生日礼物送到她手里，才是珍贵的诚意。真何其聪明，从八朗学门口那个长得破纪录的告别拥抱开始，她便明白：有些人，错过就不在。

相遇的后面是分离，分离的后面有两种可能，允许相遇回归还是任由分离继续，尽由着你。傅真与铭基都在短暂的分离中，迅速作出判断，"在没有你的生活中，我无法正常呼吸"，于是他们果断地、甚至闪电般地行动了。

榜样成为荼毒贻害四方，往往因为我们误读了结果，曲解了过程，盲信了条件的万能。好比以为从大学退学就能成为比尔·盖茨第二是众所周知的天方夜谭，哪怕你完全拷贝五年前真和铭基的那趟旅程，也不可能复制一场完美爱情。请相信一个在玛吉阿米从来都独自喝完整杯酸奶的人；请相信一双在路上看过许多无疾而终爱情故事的眼睛。刹那间爆发的热情仿佛都一样，却多是为了告别而举行的聚会。怯懦无处不在，司空见惯于是披上了真理的外衣。有泡沫经济，也有泡沫爱情，心碎的泡沫们哭天喊地，有没有想过自身的问题：你破碎也许正因为，你脆弱。你没有相信的天赋因此不值得相信。你浅尝辄止瞻前顾后，你见不到明天以后的太阳。

　　《藏地白皮书》的文字并非如何优美，故事发展也没曲折到让人低回的程度，可那纤尘不染年轻的爱自有一种单纯的力量，令人动容。就像沈从文先生多年前写下的那句："我走过很多地方的路，行过很多地方的桥，喝过不同种类的酒，看过不同次数的云，却只爱过一个正当最好年纪的人。"这寻常而稀缺的人间情谊，光见证它，就足够美丽。故事中的这对男女一个活泼一个沉静，却都是不折不扣的行动派，奋不顾身为"后来"而战。故事的后来才是真正的价值所在，激情作为故事强大的原动力不是一种燃烧而是一种锻造，我们才有可能看到一对幸福的顽童在柴米油盐中肆意卡通，放心变老。

　　这些文字在傅真的博客里早读到过，如今作为书的后记再次相逢，感动依旧。真用一个或许很过时的词形容自己的丈夫——谦谦君子："铭基是一个非常纯粹的人，并不是简单如一杯白开水，而是把很多东西慢慢过滤掉之后剩下的那种澄净。他有一种清新的心思，是彻头彻尾的自由派，绝不会为生活的小恩小惠所收买……我觉得他有自己一个独立而完整的精神世界，里面饮酒落花，风和日丽。牛羊无事，百姓下棋。"

那么丈夫眼里的妻是什么模样？一番浸透爱意的诙谐描摹后，铭基收起嬉笑，郑重写道："她是我见过最特别的女生——个性独立，有思想，不做作，不娇气……谢谢你老傅，你的存在，让我觉得每天回家就好像去游乐场和马戏班那样轻松快乐。"

据说丘比特那孩子高度近视，常常一通瞎射，把咱人间搞得一团乱。可冷不丁儿也有歪打正着的时候，并且我严重怀疑这里面视力好坏压根不在考虑之列，而是存在其他看不见摸不着，类似气场之类仅凭感觉、玄之又玄的东西。傅真和铭基之间的气场无疑超凡强大，否则怎么可能婚后的那个冬天，铭基走进真成长的校园，脸上的表情越来越怪，蓦然间发现，这个地方，他来过的。七年前，作为港大"赣浙民情考察交流团"的一员，满脸稚气的铭基同学曾是真的老爸接待的对象，怎么想得到，那群天真烂漫的香港学生中，有一个会成为他多年以后的女婿。而真，那时还是高中生，或许他们早已在校园的林荫道上，湖边的小竹林里，校门口的小吃摊前，擦肩而过。缘，妙不可言，"非典"期间不约而同的西藏之旅，原来不过是一场必然的重逢。难怪真的父母后来也远赴西藏，特地去看了她和铭基当年住过的八朗学旅馆，去了玛吉阿米看那些曾感动过无数人、写满心声和秘密的留言簿。两位老人隔着时空，对几年前的女儿女婿留言："因为女儿在这里遇到了她的爱人，我们也来到这里……"

不得不承认这世上的确有那么几个幸运儿，在他们身上会发生一些"锦上添花"的故事，使他们得以享用的幸福，绵长悠远、力道深厚。仔细想来，命运之神并不见得更垂青他们，他们浑然不觉，但他们心无旁骛，他们在命运睥睨迟踌间，屏息静气、整装待发。

而不那么幸运的大多数，不妨在内心"存储"几个纯粹到不真实的爱情故事，作为汲取力量的"秘密之泉"。每当生活的利刃无处躲避，爱的虚无弥漫心胸，便能想起这些珍贵的范例。

【番外篇】世界很小，是个家庭。

2008年我给一本薄薄的旅行书写过一篇书评，贴在豆瓣上，得到书里的男主角亲自现身表示首肯，我想这算一位读者与一本书之间最好的缘分了。

可上天出人意表另有安排，似乎特别垂青这对恩爱夫妻及他们的忠实读者，体贴入微促成"花絮"，让我有机会在现实中与他们发生交集。话说2009年我在拉萨待了半年，结识了风转咖啡馆的店主阿刚，网名薯伯伯。他也是傅真与铭基夫妇的好友，可促成我总往风转咖啡馆跑的原因并非偶像崇拜，而是骑行与读书两大共同爱好。薯伯伯的感染力无与伦比，去过"风转"的旅人大概都有深刻体会，很快我便在他的游说下跟风购买了一本在当时还很新潮罕见的索尼电子书。一册在手，等于拥有了一座流动图书馆，书虫如我不免焕发空前热情，不分场合地点随时进入阅读状态。

于是便埋下奇妙机缘的伏笔：玛吉阿米的服务员泽朗贡布看我总捧着本"书"读，对我好感倍增，郑重提出要送我一本书。我问什么书，答曰不知道，是在餐厅吃饭的两个年轻人送给他、留个纪念什么的。我说别人送你的书你转送给我恐怕不太好，贡布表示，没什么不好的，书要读了才算是书，反正他也读不懂，又怕书放在公共区域，被某些不自觉的顾客顺走。话说到这份儿上，我也只好欣然笑纳。

好奇怪，当时有种模糊的直觉。果然，隔天贡布带来的，竟是一本《藏地白皮书》。我喜出望外叫道："这本书我也爱，还为它写了书评。"又八卦地追问，他俩究竟什么样？贡布回答："男的记不清了，女的很漂亮。"

翻开扉页，看到傅真跟铭基写下的文字："我们来了，为了履行那个五年之约"，真有些百感交集。

这本夫妻俩送给拉萨的"五年之约"礼物就因为环环相扣的机缘并未如他们的初衷留在拉萨，而是来到了我的书柜。心中一直隐隐不安，直到铭基在微博上加我，赶紧向他们"坦白"事件的来龙去脉，铭基答复："书你就保留着吧。其实我们还挺有缘分的，你在豆瓣上写《藏地白皮书》的书评很好，我们很感动。另外你写香港书店那篇文章我们也很喜欢。希望以后有机会可以在中国或者加拿大见面，说不定我们还会在旅途中遇见。"

我们直到现在也未在旅途中遇见，可我们已在彼此的文字里无数次相遇。的确如歌中所唱：世界很小，是个家庭。

现实中的童话世界
文 / 薯伯伯

风转咖啡馆的书架，放着《藏地白皮书》，但书皮已经变得既黄且灰，仔细看还能找到数个指纹。我总觉得，书越残旧，越显出对作者的尊重。

书是 2008 年傅真和毛铭基送给我的，收到书后，正想拜读，却被不同的朋友借去。多少人读过书后，感慨万千。其中一人叫央宗，西藏大学护理系学生，2008 年寒假在咖啡馆里打工，也因此认识傅真和铭基。过去数年，我们聊天之时，央宗总在有意无意之间，问我傅真的消息。央宗不会直接问：傅真和铭基什么时候回来西藏啊？只会说："她什么时候回来？"每次一开始就是"她"，好像一个第三人称，就包含了傅真的世界。我有次开玩笑说，"'她'是谁啊？"央宗略带尴尬，腼腆地说："她就是她嘛！"新书也有提到这位护理系学生的故事，我跟央宗认识多年，居然从傅真的文字才知道一些央宗的想法。

世界上有两种人，说故事的人和听故事的人。傅真神笔妙功，上辈子肯定是个说书先生，但更难得的是，她也可以当个聆听者。你在她面前，一不小心就把心扉打开，把心底的话奉献出来，让自己的故事感动她，也希望她用别人的故事感动自己。

傅真说故事有声有色，铭基坐在一旁，专注地听，有时加插一句补充。我总觉得这对小夫妻，有点像郭靖和黄蓉（可惜傅真不会做饭），郭靖木讷，黄蓉娇俏，但没有郭靖，黄蓉的故事就说不下去。黄蓉会为郭靖从完颜康取得来压扁了的小糕点而动心,傅真也会为铭基在珠峰大本营泡好未吃的方便面而感动。我自己最喜欢的金庸小说就是《射雕英雄传》,桃花岛的爱情,有如童话故事。《藏地白皮书》,既带点童话世界的不真实,又像是电影杜撰的巧合,但正是因为这些情节都真实存在,才能感动素未谋面的人。童话的结尾,理应是"王子和公主从此过着幸福生活",但是人来人往,有多少可从世界不同方向而来,却又朝着共同目标进发?而傅真和铭基,帮大家实现了这个童话。

有一件事我一直搞不清,我的朋友圈子中,傅真和毛铭基到底算不算名人?但自从他们来过我们的咖啡馆后,过去几年里,总有人忽然从火星冒出来,跑到我们店来,兴奋地道:"我看傅真的博客提到你们,所以来看看啊!"有时我会找真、基二人的亲笔签名书给群众观摩(摸)一下。这种情况不停发生,我某天忽然明白,哇塞,他们是名人了!

写这篇序言时,我想起去年他们重返拉萨时,在咖啡馆跟我说起在印度邮政局的趣闻。事件主角其实是铭基,傅真把故事说得极为传神传真(是的,我故意用"传真"这两个字),我听到傅真说出铭基的遭遇,笑到完全失控,她继续说下去,我听了一半,不小心又被哪个笑点触动,再次疯狂大笑。而故事的主角铭基,淡定地坐在傅真身旁,哈哈大笑,却又默默支持。

我跟他们在西藏相识,在真、基二人身上看到了这个现实的童话故事,是我的福气。

老朋友，旧时光

文 / 平客

提到与铭基、傅真的相遇，就不得不提到 2003 年的"非典"。能够在"非典"期间去西藏旅行的人，大概多是因为性格之中的叛逆，而冥冥之中，我在那趟旅途中也遇到了一些影响自己很长时间的人。

2003 年的我在现在看来，有一股自己都会笑的傻劲儿，对待每个人、每件事都有一种莫名的新鲜感，铭基和黄半仙就是那时候我结识的为数不多的香港人。我当时老琢磨为什么他们的旅行能规划得井井有条，而我总是在旅馆里闲聊打发时间。铭基的认真谨慎是他给我留下的第一印象，而二锅头是不得不提的事情，书中也写到了我们如何在纳木错之旅中惊现"二锅头反应"，这便是他给我的第二印象，哎呦，这个香港人还挺能喝！

你们觉得傅真美么？2003 年的我貌似还不知道什么叫谈恋爱，那晚我在旅馆给大家抒情念诗，看到傅真和另外一个人走进八朗学，我心想这个姑娘真是蛮美的，然后继续和大家闲聊。

哪曾想到，有一本书中写到的感情就在两个人遇见的那一刻默默发酵，这样的感觉现在回想起来简直太美妙了（此时我好想照镜子看看自己的坏笑）！

在我和半仙喝咖啡的时候，我得知了铭基对傅真的好感，那一瞬间我竟然才"明白"了一些事。说实话，我也是凑热闹般开始鼓励铭基大胆去做自己想做的事，至于之后的发展，我也是在《藏地白皮书》出版之后才"顿悟",哦,原来是这样!

　　铭基为了一个姑娘辗转去了大理,正好赶上这姑娘的生日,之后两人一起游历中国的东西南北几大城市……这些事情在当年看来是那么的不可思议,虽然如今也有很多人这样做了,但它第一次发生在我身边,总带给我一种特别的鼓励和感动。纵然后续的日子里和傅真的交流多于和铭基,但是冥冥之中我还是觉得铭基是一个很好的榜样,他告诉我,什么叫做自己!

　　时间一晃就这样过去了十年。

　　当铭基让我来为《藏地白皮书》的再版写些文字的时候,我本以为会写出一些"延续"我惯常笔风的矫情文字,而此刻,过往的经历如影片一般在我脑海回放,禁不住深深感慨,这个世界其实并不大,能遇到就去珍惜。

　　时间过得真快,在我而立之年,竟然能与他们俩在拉萨再次重逢。过往的十年人生不长也不短,我一路磕磕绊绊地走来,早已将2003年那个飘着雪的拉萨清晨许下的诺言抛之脑后。有幸的是,在这十年中,我与他们一直有着或多或少的联系:曾与他们夫妇在深圳热闹地欢聚;在他们奔赴英国后默默关注老傅的博客;我还曾拿着《藏地白皮书》和我们三个人的合照对别人夸夸其谈……当得知十年后我们有可能在拉萨重逢时,内心除了喜悦,也伴随一些忐忑。

　　见到老傅和铭基时,多少还是有些拘谨的,曾经那个活在自我炫耀中的"黄毛"已经变了很多,甚至都不知道该如何表达与他们见面的喜悦。彼此会心微笑就是最好的方式吧!

　　很庆幸也很高兴铭基和老傅决定搬到我的客栈住。老友之间的感觉就好像你私藏了一瓶老酒,都知道酒是越久越香,因此总是希望能放在自己看到的地方，我对于这段友情就是这样的感觉。他们搬来我的客栈住，除了兴奋还剩下点紧张，担心他们会不会喜欢我这里，毕竟我们的所有记忆都留在了巴朗学的走廊上！显然是我多虑了，老傅和铭基比我记忆中亲切随和得多，他们并非出于客气而搬来住，我能感觉到彼此的感情要比想象中深，这让我放下了所有的紧张。

借助互联网，我知道他们近几年的故事。很多人都在感慨他们竟放弃了丰厚收入的工作开始一段十几个月的旅行，但在我看来，那些丰厚的收入算得了什么？和他们的失去比较起来，他们得到的真的更多！我们在一起聊了很多十年前的故事，八朗学买给毛毛的包子！和黄半仙鼓励毛毛的激动！一起在大昭寺广场的合照——在这些回顾过去的聊天当中，我能感受到他们夫妻俩是那么的谦逊、知足，有种怡然自得，我想这就是旅行带给他们的收获，是我会羡慕的收获吧。

铭基和我像两个大厨一样每天做饭，之后"全家人"一起分享我们的成果，这样的光阴不知道还有多少回，所以格外享受当下的幸福。

2003年在大昭寺广场三人合影，九年后在我的客栈再次拍下三人合照，照片中的他俩虽然都没有变老，但是两张照片并排放在一起就觉得是件神奇的事。我想我不会再拿着2003年的照片和别人吹牛逼地说他们是我的朋友了，因为两张照片会并排钉在我心里，时不时拿出来自己偷着乐！

说好不煽情，又啰嗦了那么多，面对电脑的我正咧着嘴笑，冒着一股自己都能感受到的青春傻气，这样的时光真的很不赖。

老傅、铭基，预祝你们的新书能够有更多人分享，也期待我们更密集地重逢，记得感觉快发霉的时候来拉萨找我晒太阳、做大餐！

2013年春于清迈

藏地白皮书

VOL.01　2003年—2004年

西藏篇
大理篇
深圳篇
北京篇
香港篇
英国篇
后记
>>>

西藏篇

我们永远不会知道，第一场雪什么时候到来，天边什么时候露出第一线光，
婴儿什么时候长出第一颗牙，邪恶的疾病什么时候爆发——
而我们什么时候会爱上一个人。

真

我们永远不会知道，第一场雪什么时候到来，天边什么时候露出第一线光，婴儿什么时候长出第一颗牙，邪恶的疾病什么时候爆发——

而我们什么时候会爱上一个人。

2003年春天的北京，"非典"来势汹汹。

新闻媒体上铺天盖地的报道，令人胆战心惊的死亡人数与日俱增，往日繁忙喧嚣的大街小巷忽然变得寂静无比，各大高校相继发布停课的消息。

满目所见皆是白色的口罩。封闭空间内的相处开始变得度日如年。人们互相投以警惕和不信任的眼神。乘坐商场内的电梯时，我不小心打了个喷嚏，身旁的陌生男人立刻惊恐地拿出手机来报警。

不曾身临其境的人很难体会到当时那种压抑而恐慌的气氛——忧乐未知，陌阡不识，死生无常，人生如寄。

那是我大学生涯的最后一个春天。这一年我大学四年级，无钱无男友无书可读无班可上，可是身体结实，眼睛明亮，满心理想。我只觉得青春挥霍不尽，前路又远又长。

二十一岁的我拥有一个筹划了四年之久的梦想。一个希望在毕业之前实现的梦想。一个几乎被这恶魔一般的"非典"击碎的梦想。

那就是西藏。

我常常疑心"西藏"这两个字本身就是某种具有神秘力量的咒语，否则如何解释有那么多的人一听见这两个字就如痴如狂心驰神往？

我自认为有充足的理由向往西藏，比如少年学画时不止一次地听老师描绘过藏族绘画中的奇特幻想与象征意味，比如第一次进雍和宫就完全被那种神奇的磁场深深震慑，迈不动脚步移不开眼睛，比如大学里因选修藏传佛教而读了不少相关的书籍，深深折服于藏式的"依正不二"、"合和共生"的生态伦理智慧……可是这一切都抵不过最初听见"西藏"两个字时内心的震动。那是一种莫名的冲动和狂热，就像唐三藏向往着可以获取真经的西天圣地，就像海明威笔下的佛莱德里克向往着神甫那"晴朗干燥的故乡"……

然而"非典"的蔓延令我的西藏之行变得异常艰难。这艰难首先是心理上的——"非典"时期出行旅游属于高危行为，因此我父母一定会担惊受怕夜不能寐。再则北京的大学一所所相继宣布封校，我的大学校园里也广泛流传着即将封校的消息。

我见过其他高校封校的情形。钝重的铁门冷冰冰地隔开了两个世界，里面的人出不去，外面的人进不来。情侣们只能隔门相望，或是从铁门的缝隙中伸手相握。

"这简直是坐牢……"一个匆匆走过的路人小声地咕哝一句,向被困在铁门内的可怜学生投去同情的目光。

我当即愣在原地动弹不得——如果真的封校,我的西藏梦在毕业之前便几乎不可能实现了……

终于,在这个春天即将走到尽头的时候,在满街的白色口罩中渐渐出现 hello kitty、机器猫和咸蛋超人图案的时候,在"4月25日开始封校"的小道消息在校园里渐渐流传开来的时候,我暗暗下定了决心。

4月24日,我在西单买到了第二天早晨飞往拉萨的机票。

这一天是我老爸的生日。晚上我打电话回家,祝老爸生日快乐的同时,也告诉了父母我的决定。

电话那端的空气忽然变得异常沉重。我能感觉到老爸在强压着怒火。他说:

"不要去!你也不看看现在是怎么样的非常时期!"

"可是我连机票都买好了……"

"不准去!太危险了。万一出事怎么办?那边的医疗水平又那么差。"

"可是我已经计划了那么久……再不去就没机会去了……"

"……"

几个回合之后,老爸扔下一句话:

"如果你一定要去,以后也休想再进这个家门!"

我沉默了很久很久。

"对不起,老爸。可是我还是要去。"

我轻轻挂上了电话。

柔软而无尽的黑暗包裹着这样一个北京暮春的夜晚。半夜起床,看到窗外繁星如斗。轻轻拍了拍床边已经收拾好的行囊,我心里清楚,在同一时刻辗转反侧夜不成眠的,还有两千公里之外的我的父母。

铭基

不知道从什么时候，我开始萌生去西藏的念头。

大学毕业以后，辛辛苦苦地工作。跟相恋五年的女朋友分手，复合，再分手，最后跑到南京。

我是多么喜欢在南京的生活，可是快乐的时光一转眼就过去了。八个月以后，公司安排把我调回香港。我知道，很快就要做回一个平平凡凡的香港人，打一份香港工，找一个香港女朋友，然后结婚，住在那些狭小的房子里，过一辈子香港人的生活。

我在中国走过的地方不算少，但是我知道只有一个地方是最值得期待的，那就是西藏。好想好想去一次西藏，特别是在青藏铁路通车以前，去感受一下那个人称"最后的净土"的地方。

刚认识的网友小桃跟我说不要去西藏了，说那边有什么好玩。

妈妈说现在"非典"很厉害，不要到处乱跑。

我说："不行，我一定要去。"

当妈妈知道阻止不了他那个顽固的儿子时，只好寄来了一叠口罩。就这样，我带着一叠口罩和一本《藏地牛皮书》，踏上了南京西站开往兰州的火车。

4月19日至4月24日 铭基 南京—兰州—格尔木—拉萨

24小时的车程,睡了好几觉。第一次单独旅游,没有人跟我说话,有点不习惯。到了兰州,马上去买当天去格尔木的火车票。到了售票厅,被告知没有票了。

根据我的经验,一般在这个时候,总会有"好心人"出来热心"帮助"你。

果然不出所料,"好心人"出来了,火车票也解决了。当然,钱也是多花了。跟我一起买票的还有一个从郑州上火车的女生,她也要进藏。我看她只背了一个小小的背包,好像没有其他装备,比较像是离家出走。她自我介绍说叫小鱼,职业是导游。后来我才知道,她是跟男朋友吵了一架后,一气之下跑出来的。我想,现在的女生多潇洒啊,她看起来年纪好像才跟我差不多。

在火车上听说几个星期前青藏公路下大雪,很多车被困在公路上,冻死了很多人。我坐在窗边,看着外面的风景从一开始的城市变为后来的荒无人烟,心里越来越兴奋。我知道那个让我朝思暮想的地方就快要出现在我的眼前了,却不知道前面的路途有多崎岖。

4月20日下午,我到达了海拔2800多米的格尔木。这是从青藏线进藏的必经之地,也是大家进藏前交流讯息的地方和最后的补给站。很多人说进藏前最好先在格尔木待一天,这样可以让身体先适应一下,往后的高原反应就没有那么强烈。所以我决定了先在格尔木住一个晚上,明天再坐汽车去拉萨。

原来我打算去住那些驴友比较集中的招待所，但是下了火车后，小鱼提议去对面的宾馆看看。第一次被女生要求一起去酒店"开房"，实在有点不好意思。我想，她应该不会要求我们住在同一个房间吧。

进入宾馆后，当我在想应该找什么借口时，她已经跟前台说要两个标间。

看来，我可能对自己的魅力过分自信了。

第二天，出发之前我们先在附近的饭馆吃了中饭，小鱼还点了两大瓶啤酒。一直听说在高原最好不要抽烟喝酒，所以在她再三要求干杯时我还是没有把酒喝完。不过她看起来很能喝，能喝得让我有点害怕。

原本预计两点半发车的汽车，因为种种波折直到六点整才终于开往青藏公路。从格尔木到拉萨全程大概1154公里，估计24小时以后到达拉萨。

沿途天气恶劣，又是风又是雨又是雪，窗外逐渐漆黑一片，什么也看不见，只感觉到车一直在爬坡。当海拔不断上升时，身体也越来越难受，呼吸困难，头有点痛，想睡觉却睡不着。

迷迷糊糊地醒过来时，天已经亮了。天气非常寒冷，车窗上已经结了一层薄薄的冰。听说再过一段路就到达海拔5231米的唐古拉山口，以后的路也会比较容易走。我心想很快一切都会好起来的。

过了没多久车停下来了，司机说有一个配件需要从拉萨或者格尔木运过来，最少也要等半天到一天。

这简直是晴天霹雳。要知道在青藏公路的最高点待一个晚上可不是件过瘾的事，而且还是在没有暖气的车厢中。如果赶上下雪，恐怕真的会有人冻死。车里有部分人已经下了车，去拦截路过的车辆。

虽然有好几辆大巴经过，但都已经客满。突然间，一辆空空的中巴在大家面前一掠而过，并在前面几十米的地方停了下来。我还没来得及反应，小鱼已经冲到人群的前端，跟司机聊起来了。不到一分钟，她向我招手，示意把我们的行李从大巴那边拿过来。我拿着大小背包朝着中巴奔跑，跑不到几步已经气喘如牛。想到自己这个男儿身，相比小鱼，真的感到惭愧啊。

上了中巴，发现座位都已经被货物占据，我们好不容易才从货物堆中腾出两个空位坐下来。

过了唐古拉山口以后，海拔不断下降，高原反应也减轻了一点。到达安多的时候，已经是下午了。这里海拔 4700 米，离拉萨还有 455 公里。进城后，司机说要办点事情，大概一两个小时以后才继续行程。因为我们进藏心切，所以毫不犹豫就决定了要再换车。我们拉着大小背包，从安多县城走到公路口准备再次截便车。这时候，阳光非常猛烈，把我们晒得大汗淋漓。果然，海拔 4700 米的阳光是不一样的。

我们两个人一前一后对着路过的车不断招手，让我想起当年香港的电视节目《电波少年》，里面拍摄了一个香港男生和日本男生一起以搭便车的方式从南非到达挪威北极圈。当然，我现在只需要从安多到拉萨，我身边的是河南女生而不是日本男生。

等了半小时左右，我们终于拦下了一辆大卡车。一看写着"豫"的车牌,小鱼就马上跟司机用河南话聊起来,然后用了不到一分钟就把事情全部搞定。当我爬上卡车前座时,顿时觉得非常有气势,有点居高临下的感觉。

不过,卡车的速度实在是太慢了,尤其在爬坡时就好像蜗牛一样。终于,在凌晨三点半,卡车开进了停车场,到达海拔 3650 米的拉萨。我的青藏公路,终于用 36 个小时走完了。我们实在太累了,随便在附近找了一家招待所,先住一个晚上第二天再做打算。

早上起来,外面阳光普照,感觉神清气爽,高原反应仿佛一扫而空。我在街上走着,看见路上的藏族妇人边走边转着转经筒口中念念有词,我心里有说不出的激动。

我和小鱼一起坐公车到北京东路去找旅馆,因为拉萨最有名的三家藏式旅馆都在那条路上:亚宾馆、吉日旅馆、八朗学旅馆。本来我是打算住吉日的,因为听朋友说吉日的房间条件比较好。但是到了八朗学的时候,小鱼说:"就住这一家吧!"

就这样,我跟八朗学这个地方结下了不解的缘分。

气喘吁吁地爬了两层楼,终于来到了我下榻的 301 室。这是一个四人间,其中一个室友也是香港人,名字叫阿明。

安顿过后,小鱼过来找我去外面逛一下。但我怕高原反应还没好,不敢乱跑,只好乖乖躺在床上。后来我睡不着,便跟阿明聊了一会儿。虽然现在不是旅游旺季,但还是有零星旅客住在这里。认识了湖南来的小宇,上海来的 Richard,还有小河北,小广州。

第二天，八朗学来了一个在厦门上学的小伙子，染了一头金黄色的头发，后来我们都叫他做"黄毛"。小鱼跟人约好了明天去纳木错，问我参不参加。我还害怕高原反应，所以不敢随便加入他们。下午跟大家去了哲蚌寺，回来后晚上还去了郎玛厅看藏式歌舞表演。看到最后，我们跟其他藏民都凑在一起唱歌和跳民族舞，感觉非常有趣。

4月25日 真

这真是一个让人永远难以忘怀的清晨。天边已经微微露出几丝光亮。空气凉爽,四周安静得犹如梦境。

我背着硕大的背包走出宿舍楼。

因为听说学校会在这一天正式宣布封校,虽然真假未辨,我担心如果就这样大模大样走出校门的话,很可能会立即被拦下并"遣送"回宿舍。在思考了两秒钟后,我迅速作出一个决定——

翻墙。

宿舍楼下就有一个小铁门,我"嘣"地就把包先扔了出去。接着,三下五除二,几秒钟后我便已稳稳当当地站在学校大门之外了。

我忍不住吹了声口哨。觉得自己简直帅呆了。

此刻的城市笼罩在一种不可思议的光芒中。走在已经开始热闹起来的大街上,我看着眼前疾驰而过的车辆,看着走过身边的每一个人,如同匍匐在草丛里的战士,眼神敏感而灼热,静候着不可预知的未来。前方是一段写满未知的旅程,我孤身上路,忐忑不安,可是义无反顾。

机场一向是个演足人间戏码的小剧场,可是眼前的机场俨然今非昔比,气氛沉闷,旅客寥寥,冰冷的口罩、白大褂、体温测试仪严阵以待。

飞机上,空姐们一律戴着大口罩,掩盖了以往的职业性笑容,姿态比乘客还要自卫。机舱里满满的尽是警惕疑虑的目光。相邻过道的中年男子不知怎的忽然连连咳嗽，坐在他身边的年轻人立刻紧张得呼吸急促坐立不安。

好玩的是，这些全副武装的"口罩人"，在空姐端来的饭菜面前却一一解除防备，拉下口罩开始大快朵颐。我想，人们的警惕也是有限度的，口罩所发挥的心理作用比物理作用恐怕要大得多吧。

飞机在成都转机，乘客走了一大半。在候机室等待的时候，一个熟悉的身影一闪而过。

出发前一天我在当代商场的户外用品专柜遇见过一个男生，他说他也马上要去西藏。没想到居然在同一班飞机上又见到他。

"这么巧？"他也看见了我，马上笑着走过来做自我介绍。

杰，26岁，来自北方，IT人士。

一聊之下发现我们的计划路线极其相似，而且都打算去完西藏之后再走滇藏线去云南。于是自然而然地就结伴同行了。

我趴在窗口，从高空俯瞰西藏。目光所及之处，尽是覆盖着白雪的灰黑色山脉。很难想象在那些纵横沟壑中，竟然隐藏着一个神秘绮丽的世界。

下飞机后我做的第一件事就是一把扯掉口罩，大口呼吸这海拔五千米高原的空气。我觉得这里可真安全，就像"三打白骨精"里孙悟空用金箍棒给唐僧画的那个大火圈，万丈佛光平地起，妖魔鬼怪进不来。

人人都说高原缺氧，刚刚落地的时候，我背着大包使劲地蹦跶了几下，得意地对杰说："你看，谁说会呼吸困难啊，我这不是完全没问题嘛！"

后来的事实证明，我还真是无知者无畏。

坐小巴到达拉萨市内，我和杰手捧被广大驴友奉为"葵花宝典"的《藏地牛皮书》，穿街走巷地寻找那间传说中的"八朗学旅馆"——最有人缘，最多背包客聚集的地方。走着走着，我开始觉得呼吸困难，双脚如灌了铅般，背上的大包也变得越来越重。在一个拐角处，我终于忍不住扶着墙停了下来：

"不行，我得歇一会儿。"

我站在原地大口大口地喘气。转头看看杰，他也比我好不了多少。我忽然有点沮丧，之前还一直吹嘘自己身体好耐力好呢，结果这点高度就趴下了。

我低着头有气无力地拖着脚步，杰忽然惊喜地大叫起来："快看街对面！"

在看到八朗学旅馆的白色招牌之前，一阵走音走到爪哇国里的歌声先抓住了我的耳朵——

"朋友不曾孤单过，一声朋友你会懂。一句话，一辈子，一生情，一杯酒……"

一群男生施施然从我身边走过，齐声高歌，大有梁山好汉结义之势。他们唱着周华健的《朋友》，脸色涨红，情绪激昂，一看就知道刚刚酒足饭饱。

我正目瞪口呆地看着这些人唱着歌勾肩搭背走进八朗学，他们中间忽然有一人折返向我和杰跑来。

"你们是新来的吧？请问你们明天去不去纳木错？"

平头，眼镜，广东口音。这是我们第一次的相遇。

我茫然地摇了摇头。刚刚才到拉萨的我，当然不可能马上和他一起去纳木错。

房间在三楼。短短的楼梯，爬上去却累得好像刚刚跑完五千米。呼吸急促，喘个不停，两腿也直发软。

然而我仍以骁勇的势头继续着"无知者无畏"的路线。都说刚到高原最好不要洗澡不要喝酒，我不但放下背包就马上冲去楼下浴室洗了个澡，晚上吃饭的时候还猛灌拉萨啤酒。

喝完酒后慢慢走回八朗学。路上经过布达拉宫，我停下来，长久地注视这座在电视和书本上曾看见过无数次的雪域之都的象征。它比我想象中小，在夜色中也似乎收起了平日巍峨耸峙的磅礴气势。有风吹过，我觉得心境一片清朗。明明置身陌生的城市，恍惚间却仿佛来到梦中曾见的应许之地。

晚上，我的高原反应渐渐退去，于是坐在三层的走廊上和新认识的住客们一起聊天。八朗学实在像极了大学的集体宿舍，因为便宜，住在这儿的大部分是年轻人。大家一见面全都自来熟，一起吃饭，一起逃票，一起结伴搭车。再加上现在处于特殊的"非典"时期，来西藏旅游的人寥寥无几，空荡荡的八朗学里也只剩下我们这一群不怕死的小孩，因此相互之间那种同甘共苦的"革命情感"就更强烈了。

大家都在七嘴八舌地自我介绍。我说"我今天刚从北京来……"

所有人都立刻假装倒吸一口冷气，然后一起哈哈大笑。

我又见到了之前问我去不去纳木错的那个男生。他说他叫铭基，香港人，25岁，工程师。

嘘声四起。没有人相信他，因为他看起来太年轻，说是高中生也不为怪。

他慢条斯理地掏出一张身份证给我们看，名字是没错，出生年月也对，可是那照片却一点也不像他。这张身份证引起了我们极大的兴趣，有人开玩笑地说，难道他是假的？可能真的铭基早就……

大家就这个问题激烈地讨论了一番。越说越离谱，简直可以写一部阿加莎式的侦探推理小说了。（年轻的我们是多么无聊啊。）

他话很少。自始至终一言不发地听着我们无聊的讨论，脸上却一直带着安静的微笑。

4月25日　铭基　拉萨　夜宿八朗学旅馆

早上起来，高原反应已经差不多没有了。拉萨还是那么阳光明媚，让人心情畅快。

Richard 今天出发去珠峰和尼泊尔了，八朗学众人都为他送行。

早上我跟黄毛和一位东北大姐去了甘丹寺。甘丹寺是去过西藏的朋友特别推荐我去的。跟哲蚌寺不同，整个甘丹寺都建在山顶上，据说附近还有一个天葬场。

一位年轻的喇嘛还邀请我们去他的房间造访，喝酥油茶，聊天，还给我们献上了哈达。我一直以为要很有贡献或者成就的人才有资格拿到哈达，所以这让我小小感动了一下。东北大姐向那位喇嘛问了很多奇怪的问题，弄得我跟黄毛都很不好意思。

从甘丹寺回来后我便开始找人一起去纳木错。可是，除了我和黄毛外（当然还有东北大姐，但是去过甘丹寺以后我们都对她敬而远之），八朗学里大部分人都去过纳木错，而刚刚到埠的人又因为害怕高原反应而不敢马上去海拔更高的地方。我想，只好再努力找一下，或者在告示板上贴 Notice（布告）吧。

晚上如常跟大家去八朗学对面的肥姐饭店吃饭，那里已经成为我们的"八朗学食堂"了。

一群人浩浩荡荡，来到肥姐饭店。用餐时还喝了一点啤酒，乘着微微的醉意大家一起唱起歌来，十分尽兴。当我们一伙人边走边唱回到八朗学楼下时,我迎面遇上了一对新来的男女。

我当然不会放过他们,带着几分醉意跑上去问:"你们是新来的吧?请问你们明天去不去纳木错?"很可能我问得太突然了,他们显得有点不知所措。过了一会儿,那个女生才回答我:"对不起,我们今天才刚刚到西藏,不准备马上去。"

看来,明天还是去不了纳木错,只好失望而回。

饭后大家一起坐在三楼的走廊聊天,这是我们住在八朗学的旅客每天的家常活动。

认识了一位清华学生,很有趣的是他的军用水壶里面灌满了青稞酒。他跟我们说再过几天他就要从拉萨骑车去羊湖了,我心想:"西藏牛人真多啊!"

再次见到刚才吃晚饭后遇见的那对男女,原来他们都是从北京来的,我想应该是情侣吧。大家都对我的真实年龄表示质疑,我只好把身份证拿出来作证,结果身份证上的照片又成为大家讨论的话题。

4月26日 真

高原的阳光无边无际地喷薄而出，好似在绽放着对这个世界最后的热情。

我在拉萨四处游荡，去了布达拉宫、大昭寺和色拉寺。在色拉寺里我看到喇嘛辩经的场景，他们席地而坐，红衣似火，或攻或守，咄咄逼人。梵文一问一答，巴掌拍得山响。他们低眉沉思的样子像神。这真是我从未见过的景象。我像个傻子似的呆站在一边，心内震动，却又有无限欢喜。

拉萨的街头是想象中的熙来攘往，只是一场"非典"使得这里少了很多旅游者的踪迹。常听过来人抱怨拉萨的现代化程度，哀叹拉萨早已不是想象中的那个拉萨。我一向鄙视这样自私的想法。如果当地人民能够因此有更高质素的生活，外来的猎奇者又哪里有资格去指手画脚。

穿着鲜艳藏族服装的妇人面容平静地采购着日常用品。这些平常的小事由她们做来竟别有一种人生的庄严。远道而来的藏民在寺庙前长跪不起，他们风餐露宿衣衫褴褛，纵横沟壑的脸上却写满虔诚。我在小饭馆里点了血淋淋的生肉，摆出豪迈的架势，努力地一口口咽下去，旁边两个腰配藏刀，头盘长辫的门巴汉子对我咧嘴而笑，露出雪白的牙齿。

这笑容好看得不像真的。我出神地盯着他们看个不停，直到这两条大汉都几乎不好意思起来。

晚上再次在八朗学的走廊上聚众聊天，河南来的小鱼姐连滚带爬地奔上楼梯，口里还含糊不清地喊着："八……八……八……"

大家都傻了。八？巴？爸？

小鱼姐打了一个大大的酒嗝：

"八瓶！"

她嘿嘿地笑了。

八朗学有一种"见面即朋友，大口肉大碗酒"的豪爽做派，在这里不会喝酒的人最不招人待见。据说小鱼姐其实不算醉得最厉害的。今天八朗学最大的新闻，就是那个名叫铭基的香港男生也被灌得一塌糊涂，但还是坚持不要人搀扶，自己手脚并用地爬上楼梯，一边爬还一边气喘吁吁地大喊：

"香港人没用啊！香港人没用——"

这天晚上，八朗学里的每一位住客都听到了这位香港同胞的哀号。

幕天席地纵意所如，兀然而醉豁然而醒。在这片藏人的土地上，我竟依稀看到了曾经无限向往并以为已然失落的酒神精神。我曾以为在如今的商业社会中，酒所蕴含的自由和坦诚已然消失，没想到却在这里重新寻回了这古老的意象。我忍不住重新打量身边的这些人，不知道每一张醉意朦胧的面孔背后，是否也都藏驻着一个至情至性的灵魂。

4月26日　铭基　拉萨　夜宿八朗学旅馆

这一天没去什么地方，早上只跟黄毛去了大昭寺广场，然后下午跟大伙去太阳岛吃过午饭就回来了。我陪阿明去了一趟中国银行处理账户的事情，然后去航空售票处把从拉萨飞成都的机票订好。

回到八朗学，今天感觉特别热闹，下午已经有不少人聚在三楼聊天。原来八朗学来了不少新人，有一些住在其他旅馆的驴友也过来这边聊天。

经过一个下午的努力，终于把明天去纳木错的事定好了。我、黄毛加上广州来的张翼和珊，一共四个人。司机是一个淳朴的藏民，这几天都在等待我们出发的消息。

小鱼从纳木错回来了，活蹦活跳地四处找人聊天。可是跟她同行的人看起来都犹有余悸，实在不可思议。

晚饭还是在"肥姐"搞定。大伙一起吃饭时，为了感谢小鱼在入藏时对我照顾有加，我连干了三杯二锅头以表谢意。结果，一向自问酒量非浅的我，终于在海拔 3650 米处被那三杯二锅头彻底打败了。最后，我连自己是怎样回到房间都不太记得了。

后来我听他们大概说了我的酒后百态，不禁觉得好笑，比如怎么样挣脱别人的扶助然后自己从一楼"爬"上三楼。最经典的是我回到房间躺在床上还不断地说"香港人没用啊……"，真丢脸。

从此以后，这一"金句"被人无数次引用。

4月27日 真

我和杰与两个新认识的朋友乐和滔一起包车去了纳木错。

藏北的纳木错是世界上海拔最高的淡水湖,素有"圣湖"、"天湖"的美称。我曾在书上读到过,八百多年前,藏传佛教达隆噶举派的高僧们就曾到湖上修习密宗要法。

我在羊年来到纳木错,实在是一个令人惊喜的巧合。藏传佛教的信徒有这样一个传说,每到羊年,诸佛、菩萨、扩法神集会在纳木错设坛大兴法会,如果此时前往朝拜,转湖念经一次,胜过平时转湖念经十万次,其福无量。正因如此,每到羊年,僧人们便不惜长途跋涉,前往转湖。人山人海,盛况空前。

纳木错几乎美到不可思议。近岸处的湖面有冰雪覆盖,稍远处的湖水却清澈得可以直接看见湖底的灰色沙砾。湖对面的雪山连绵不绝。

在湖边遇见一位略通汉语的老人。他告诉我,他是带着全家来转山的。他说,有多少岁,就要转多少圈。我不知道他的年纪,只看到他虔诚地转了一圈又一圈。累了就停下来休息一会儿。我看到他的全家,全都是黧黑的肤色,笑起来露出雪白的牙齿。他们看人的目光,完全没有躲闪,是直白坦荡的。

我问他,你们要用多长时间才能走到这里。

他说,走了二十天。

一路上我见到很多这样的朝拜者,他们无一例外的衣衫破旧,夜里躲在岩洞里休息,饿了就从衣服里拿出自带的干粮,小小的黑乎乎的一块,看不清是什么。

杰在结冰的湖上奔跑,结果一脚踩进一个冰洞,裤子鞋袜全都湿透。我们怕他感冒,因为在高原上感冒实在危险,赶紧把他送回帐篷休息。可能是海拔太高,他终究还是病了。我们把所有的毯子都盖在他身上,他还是发烧了,烧得脸色通红。同行的女生乐是学医的,她给每人都泡了藏药红景天,让我们喝了都躺下休息一会儿。

我喝药之后睡过去。醒来的时候,沉沉夜色已经笼罩了整个大地。我起来看看杰,他的额头还是滚烫,呼吸急促。我试着和他说话,他的意识似已模糊,说出一些单字,语无伦次。那一瞬间我觉得绝望,担心他的感冒发烧已变成肺水肿,在这医药贫乏的高原上几乎无计可施。

来到西藏后,满目所见皆是美,这却是我第一次看到这壮美之中四伏的危机。人类的肉身是如此脆弱,可是我们束手无策。

纳木错的夜晚清冷至极。我走出帐篷看到满天星斗,从来没有那么近过。广袤无边的大地上孤零零地驻扎着一些帐篷。远处的念青唐古拉山脉,在星空下发出蓝色的光。这时我忽然内急,虽然不奢望在这里能找到厕所,还是跑去一间热闹的藏民帐篷询问。藏人很热情,一个胖胖的女人说,他们是有厕所的。她还特地带我去。

厕所在对面的山坡上,走过去,我已是气喘吁吁。

走近时,我才看到那是一个由塑料布简单搭起来的小棚。可是——

它根本没有门。

面向可能有人经过的道路的这一面,是完全没有遮拦的。

我忽然意识到,藏民搭这个小棚,根本不是出于遮羞的目的。它是用来挡风的。

我茫然地问那个女人,这……怎么办?

她奇怪地看了我一眼,做了个蹲下来的姿势,然后就站起来自顾自地走了。

我知道藏人妇女都是这样在露天小解的。可是她们穿的都是长及脚踝的大圆裙子,蹲下来再站起来,从外面看什么也看不到。可是我穿的是牛仔裤,这可如何是好?

我看看天色漆黑,一咬牙就脱了裤子蹲下去。

可是就在这时,离我只有十米的道路上忽然走来一群人,看起来像是藏民的一个家庭,大约有十个人。他们好奇地紧紧盯着我。

当时的我是什么感觉?好像天都要塌了。

那样的羞耻感,不是身临其境的人绝对体会不出来。只好深深地把头低下去,低下去,低成一只鸵鸟,直到他们走过。

然而心念转换似乎只在一瞬间。当我终于抬起头,重新站在无边无际的天空和大地之间,我忽然觉得什么都无所谓了。这片土地上,一切都是自然。人的天性又何耻之有?

回到帐篷,再去看看杰,发觉他的呼吸已经平稳许多,额头上冒出很多汗珠。我稍觉安慰,看来正在退烧。

我很奇怪一直没有在纳木错遇见铭基。因为明明听说他和另外几人包了另一辆车也在同一天来到这里。

是因为第一天在八朗学门口的邂逅,还是那张古怪的身份证照片?不知是从什么时候开始,我已经在不自觉地留意这个我在八朗学第一个看见的男生。

4月27日　铭基　拉萨－纳木错　夜宿帐篷

虽然我的脑袋已经难受得快要爆炸了,但是我还是坚持起床准备去纳木错。好心的司机警告我如果以后去珠峰的话,前一天一定不可以再喝那么多酒,要不身体会更难受。

是的,以后我再也不敢了。

到达海拔4718米的纳木错时,我再也无法承受酒后加高原的强烈反应,只好马上进帐篷昏睡过去。可惜美景当前,我却无福消受。

同行的人,除了黄毛还能在外面转一圈以外,其他统统都被打败了。

整个晚上忍受着高原反应的煎熬,一夜难眠。

4月28日 真

清晨起来，杰已经差不多恢复了，他自称是"底子好"，似已忘却昨夜的病痛。只有我仍觉得后怕。

就要离开纳木错继续赶路了。我心恋恋不舍。衣服穿得不够，我便披着一床大毯子又走到湖边。不远处，一个藏族老妇人正在用捡来的牦牛粪生火。我走到她跟前，她好奇地看着我手里的巧克力。我把巧克力给她，她尝了尝，小心地收起来，咧开没牙的嘴冲我一笑。接着，她取下自己的项链要给我。我不想让她觉得这是种交换，拼命摇头摆手。她似也明白，把项链戴回。

我们一起烤了一阵子牛粪生的火，其间似乎能听见时间流过的声音。我看着她，觉得自己也很老了，两个老人在一起烤火。地老天荒，岁月悠长。

生命如此静寂，俨如警戒一般的静寂。我们像是在尚未成型的世界里等待着，等待着那无法用言语来表述的什么。

回拉萨的途中，天竟然下起了小雪。傍晚回到拉萨，大家再次坐在八朗学的走廊晒太阳。看见那几个和铭基同车去纳木错的朋友，听说他们全车人在那里都有十分严重的高原反应。

铭基拿着一大瓶水走出来。他看起来好像又瘦了一圈，脸色还是不大好，身穿一件白色T恤，上有"香港大学，北京大学"之类字样。后来才知道这沉默寡言的男生原来就毕业于传说中的港大。

这群人中有个染着一头黄发戴着无数耳钉的男生，大家都管他叫

"黄毛"。黄毛外表是大大咧咧的新新人类，实际上心思细腻，十分感性，还很有创作热情。此刻他正窝在走廊的长椅上，捧着一台笔记本电脑，大声朗读他的新作《在"非典"蔓延的日子》。

我靠着墙坐在地上，听着黄毛充满感情的声音，看着身边的这些新朋友。在"非典"蔓延的日子里，我们这些素昧平生的人竟都不约而同地来到西藏这个世外桃源。萍水相逢，尽是他乡之客。我们对彼此的背景和过去几乎一无所知。目光交会的时刻，笑容都是灿烂。沉默的时候却心事苍茫，像是隔着下雨的玻璃窗。会选择在这种时候独自来到西藏的人，心里一定收藏着只属于自己的秘密。我们究竟是想找回什么，还是想忘记什么？

我和几个朋友商量第二天包车去珠峰的行程安排，车上还剩一个座位，本来有一个名叫张翼的广州人要去，现在他高原反应病得不轻，能不能去也未可知。

不怕死的我晚上又跑去喝了青稞酒。晕头晕脑地回来，却见淡淡夜色中，一个身影在我房前等候。

是铭基。

他轻轻问我："如果张翼不去，我可不可以顶替他？"

"当然可以。"

青稞酒后劲真足，我已然有了些醉意。

4月28日　铭基　纳木错－拉萨　夜宿八朗学旅馆

早上醒过来，虽然感觉到还有一点点高原反应，但是酒劲基本上已经过了。看看其他几个人，还是昏睡过去的样子，完全没有醒过来的意思。

硬着头皮爬起来，跟着朝圣的藏民在扎西半岛转了一圈。当然，虔诚的藏民不会只是转一圈的，但是我已经筋疲力尽了。我坐在石块上，看着远方的雪山和结冰的湖面，细细体会大自然的奇妙。

过了中午，我们就要离开了。可怜的张翼啊，我辛辛苦苦把他叫醒后还要搀扶他到车上去。他可真是在纳木错什么都没有看过，连离开时也没有看一眼。我记得出发前他还表现得非常专业，跟我们说每个星期都去爬山，而他的衣服也都是全副登山装备，手表还带有海拔计。

回拉萨的路上突然下起雪来，交通阻塞了一会儿。

到了拉萨，张翼被那个好像噩梦般的高原反应吓得要命，原来跟其他几个人约好了明天去珠峰，也不得不打算退出了。还好我酒气过了以后基本上没事了，所以很想替补他去珠峰。

可是，我还是搞不清楚香港人去珠峰到底需不需要边防证。问了很多人，也打电话问了旅行社和有关部门，还是没得到确定的答案。有的人说要，有的人却说不用，让我十分迷茫。

最后，跟我们去纳木错的司机说如果有护照就可以不需要边防证，那我也只好相信他了。反正已经来不及办证，大不了在边境检查站被武警叔叔赶下车。

原来跟张翼一起去珠峰的还有四个人。其中一对是从四川来的，另外就是在大前天晚上跟我一起聊过天，从北京来的一对男女。昨天还听黄毛说在纳木错看见他们四个人。我对那个从北京来的女生还有点印象，因为她打扮比较时髦，人也长得蛮漂亮。

张翼犹豫了好久，最后决定放弃珠峰之行。

晚上我在八朗学三楼走廊等着他们回来，希望可以跟他们确认替补张翼一起去珠峰。

最后，我终于看见北京来的那一对，我马上直接问那个女生能否一起跟他们去珠峰。她问问那个男生觉得怎样，男生对此也没有意见。

我的珠峰之行快要成真了，而这一次我再不敢喝酒了。

4月29日 真

正式向珠峰进发。

铭基上了车,小心地把一个塑胶袋系在前面的座椅靠背上,袋里是好心的黄毛买给他的肉包子。他有点沉默,大概是和我们还不太熟的缘故。大家都忙着诱导他多说话:"介绍一下自己吧?"

他不好意思地笑笑:"我叫铭基,普通人一个。你们都知道的啊。"

"那……有什么好玩的事和我们分享一下吧?"

他挠挠头:"好玩的事啊?……小时候和梁咏琪做过邻居算不算?"

我们的好奇心全都爆发了——

"是吗?那她小时候漂不漂亮?"

"她是不是有个双胞胎弟弟?"

"她以前是长头发还是短头发?"

"那你小时候有没有暗恋过她?"

"……"

铭基完全被我们给吓着了。多么八卦的一群人啊。

车到西藏三大圣湖之一的羊湖,我们下了车。风大得简直让人站立不稳。然而羊湖真的美如人间仙境。湖水与天空同色,清澈见底,有"白云水底游"之感。

铭基拿着一个貌似很专业的佳能相机,时不时地按动快门,脸上淡淡的表情,颇有点摄影师的风范。我在一旁悄悄地看着他,忽然有种莫名的好感。大概是因为自己喜欢艺术的缘故,一直中意有艺术气质的男生。而自己对摄影偏又一窍不通，所以几乎有点崇拜他。

他忽然走向我："帮你拍照好不好？"

他按下快门，我简直有点受宠若惊。

后来全车五个人想拍合影，举目四顾，茫茫草原连个人影也无。正想放弃，铭基忽然奔向车边，倏地拿出一个三脚架。

我十分吃惊。这人连这么重的三脚架也千山万水地背来了西藏。

高原上的司机果然与众不同，午饭时还要喝白酒。吃饱喝足后，似乎仍有酒意的司机师傅一言不发地就跳上驾驶座，小小吉普车在九曲八弯的山路上开得好像要飞起来一样。每当瞥见车窗外近在咫尺的万丈悬崖，我就吓得紧紧闭上眼睛，一颗心几乎要从胸腔里跳出来。

看看坐在我身边的铭基，他也眉头紧皱，脸色发白。我把CD机的一边耳塞递给他，他默默地接过戴上。

王菲清灵的歌声在只属于我们两个人的小小空间响起，窗外的悬崖似乎渐渐变得遥远。

杰其实是我们之中最辛苦的一个。坐在副驾驶座的他，因为害怕司机师傅开车的时候打瞌睡，一路忙着给司机递烟，点烟，一刻也不敢大意。

一路颠簸，终于到了当天的目的地——江孜。这是一座有历史沉淀的古城，藏民抗击英军的故事就在这里的宗山城堡发生。电影《红河谷》也因此选择江孜作为拍摄场地。

我们随便找了个招待所住下，接着便马不停蹄地去了宗山城堡。

城堡内外几乎空无一人。杰拿着他的宝贝DV边走边拍，渐渐地落在后面。夕阳似血，我和铭基二人同行，可以看见地上两个长长的影子。一个多世纪以前的黄昏，这座城堡也曾见证过那些勇敢的身影，那些用血肉之躯抵御英国人烽火狼烟的身影。

扑面而来的也许还是一百年前的风。耳边似乎仍能听见曾经战场的拼杀声和当年壮士的迎风长啸。一寸山河一寸血，十万青年十万兵。微风再起，物是人非。如今的我们，生活在一个最好的，同时也是最坏的时代。物质丰足，信仰沦丧。一直生活在城市的我和我的同龄人，早已习惯享受物质和生活表相的愉悦，我们那些所谓的青春期的痛苦和哀愁，只不过是这种物质愉悦的调剂品，和这盛大壮阔的高原圣土相比，过分的微不足道，简直是尘中之尘。

站在残破古堡的关口，真有点"西出阳关无故人"的情怀。

4月29日　铭基　拉萨－江孜　夜宿粮食局招待所

珠峰之旅的第一天，拉萨的天气依然是那么好，蓝天白云。在楼下看见黄毛，原来他是特意起来给我送行的，还塞给我几个肉包子当早饭，弄得我有点不好意思。

我们把五天旅程的物资补给过后就出发了。

在车上，我们开始互相认识。四川来的是乐和滔，北京来的是真和杰。我当时只记得真的名字，觉得比较简单和容易记。不知道为什么我跟大家介绍时没有用我常常用的英文名字Michael，反而用了小毛，现在想起来都觉得很有趣。

杰坐在前面的副驾驶座，我们四个人坐在后面，真坐在我的右边，然后是乐和滔。因为我是新加入的成员，跟大家都不太熟悉。当我发现跟大家没什么话题可以聊时，只好将梁咏琪是旧邻居的事跟大家分享。还好大家对这个话题的反应都不错，然后我们便唱起歌来。我们一边唱着《红日》、《真的爱你》等经典老歌时，吉普车也沿着雅鲁藏布江向珠峰进发。

爬过一个又一个山坡后，我们到达了海拔4852米的岗巴拉山。从这里可以清楚看见羊卓雍措。羊湖是西藏三大圣湖之一，在阳光下湖面看起来是蓝中带绿的，就好像一块宝石一样。翻过了岗巴拉山，我们到了羊湖湖边，司机把车停下来休息。

牧人在放羊，我们在湖边游玩。我拿着相机四处拍照，看见真一个人在漫步。我主动走过去问她："我可以帮你拍照吗？"她并没有反对，我战战兢兢地按下快门，为她拍下了第一张照片。

后来我提议把三脚架拿出来自拍，于是我们五个人在湖边拍了一张集体照。

当车在羊湖旁边高速飞跑时，我也飞快地按下相机的快门，希望把外面的仙境留在胶卷里。下午我们到达了拉孜，在旅馆放下行李后我跟真和杰三个人一起去了宗山城堡。

登上宗山城堡时，我才发现很多时候真和杰并不是走在一起，而是各看各的。虽然一开始大家就认定他们是一对，但现在看来又好像不是。虽然如此，在他们一起合影时杰的手一般都会放在她的肩膀上。

在回旅馆的路上，我跟真一起走了一段路。我们聊了一些琐碎事，有关于学习的，有关于工作的，但都不是很深入。我发现自己真的不是很会找话题聊天的人，尤其是跟女生单独一起的时候。

在西藏吃得最多的是川菜，今天晚上也不例外。在餐馆里有几个外国人在邻桌，服务生听不懂英文，我就做了一些简单的翻译。其实基本上就是问这个菜辣不辣，那个菜辣不辣。晚上我跟司机住一个房间，跟他实在没什么好聊，只好早早休息。

4 月 30 日 真

一早起来去白居寺。

白居寺是一座塔寺结合的典型的藏传佛教寺院建筑。早就听说过这座"兼容三派而和平共处"的奇特寺庙，还有那些有着鲜明藏族艺术特色的雕塑和壁画，让我满怀期待。

本来是杰、铭基和我三人同行，谁知杰一进寺门便被一个盲眼琴童吸引，拿着 DV 对着他拍个不停。我和铭基只好先行进去。

大大小小的佛殿，一层层一间间地走过，木梯吱呀作响，殿堂四角落满灰尘。局促的空间中，我和铭基挨得很近，一转头便能看见他下巴上密密的青色胡茬。

铭基还是不多话，我却完全被那些以前只在书上看见过的精美雕塑和坛城壁画给迷住了，惊喜不断，赞叹连连。因此一路上都是我说，他听，只是偶尔对我投以微笑。兴奋劲一过，我就有些后悔。我对自己说，他一定不喜欢我。他那么安静，我却那么容易大惊小怪，说个不停。从没见过他抽烟，我却像个老烟枪似的一支接一支……

想着想着自己都忽然警觉起来，这算是什么呢？为什么那么在意他是否喜欢我？难道……？

不不，才几天，怎么可能。

站在白居寺的院落里，我仰头看着那由近百间佛堂依次重叠建起的气魄惊人的"塔中之塔"，心里那点异样的感觉却挥之不去。来到西藏后我一直有"观照万物而澄明内发"的体会，此刻却是第一次觉得心有旁骛。

夜宿拉孜。拉孜是个极小的县城，然而四处闲逛时竟意外地发现了街上的公共浴室。我本已做好一个星期都无法洗澡的心理准备，这下真是又惊又喜。

杰当晚陪司机出去了，我便和铭基结伴去公共浴室洗澡。他两手空空，只在怀里揣了一条毛巾。原来他根本就没带洗发水什么的来西藏。我一直怀疑他在拉萨那一个星期是不是根本没洗澡。

我把洗发水和沐浴液借给他，让他先洗。我在门外等着。

西藏这个地方，连浴室也别开生面。除了两间小小浴室之外，就是个露天的小院。好心的老板给我搬了张凳子，让我坐着等。

我从未有这样奇特的经历——坐在露天的院子里等一个男生洗澡。

更神奇的是——忽然有雪花飘落在我身上。

下雪了。

我的心里忽然一片寂静。

四周万籁俱寂，只听见浴室里的隐约水声。穿着T恤和拖鞋的我在漫天雪花中怔怔地坐着发呆。

铭基洗完出来的时候，雪已经停了。回到旅馆，杰还是没有回来。我一个人在房间看了一会儿闪烁不清的电视节目，百无聊赖之际在走廊徘徊。其实很想找铭基聊天，但不知为什么总觉得他对我虽则亲切，却总有些淡淡的。想想自己一副吊儿郎当的德性，便更不敢去找他。然而经过他房间的时候，还是忍不住往里看了一眼。

门是开的,他却不在里面。

我正要走开,身后传来铭基的声音:"找我吗?"

这天我们聊了很久,聊的是什么已经忘了。只记得他向我要一支烟来抽,我十分惊奇,因为此前从未见过他抽烟。

后来杰终于回来了。他和司机师傅不知在哪里喝了很多酒,于是话也特别多。根据我的经验,酒后聊天十有八九会聊到感情问题,这天也不例外。令我们吃惊的是,今年已经26岁的杰竟然从来没有过恋爱的经历。其实杰是一个很好的男生,清华毕业,工作优秀,待人诚恳,长相更不差,可不知为什么总没有恋爱的运气。

我们听他倾诉了一阵,他忽然问铭基:"你有没有女朋友?"

已经昏昏欲睡的我顿时清醒了一大半。

只听见铭基有点不好意思地说:"嗯……算有吧……"

不知为什么我的心忽然往下一沉。

晚上十点断电,我摸黑去厕所。铭基默默递给我他的手机,手机的光亮使我勉强可以视物。握着他的手机,真的有点感动。不知出于什么心理,我竟还偷偷看了看那手机里的通话清单。

4月30日　铭基　江孜－拉孜　夜宿拉孜气象旅社

早上先去了白居寺。进去后不久，杰对那几个弹着藏族乐器的人非常感兴趣，不停用DV拍他们，后来还跟他们一起坐在地上聊天。我和真等了他一会儿以后觉得他好像没有离开的意思，只好两个人进了白塔。

白塔很有意思，想要在里面拍照还得先替相机买票。塔高九层，每一层有很多个佛殿。传说里面加起来一共有十万座佛像，所以白塔也叫十万佛塔。这是我们第一次比较长时间的单独相处，起初有点拘谨。我们从一楼开始每一个佛殿都进去看了一下，也拍了很多佛像的照片。虽然我对佛像没有很大的兴趣，但她看起来却兴致盎然，所以我也只好要装着似懂非懂地跟她聊一下。就这样，佛殿，拍照，聊天，我们一直爬到最顶层。在那里，我们跟塔顶的慧眼在同一个角度看拉孜。

从白居寺出来以后，我们离开江孜继续上路。途经日喀则时司机没有停下来吃午饭，继续往拉孜方向进发。开了一会儿，他在路上把车停下，然后不慌不忙地躲到车底下睡午觉。

走过一片平原后，车子便开始进入了山区。我们的老丰田车走在又陡峭又窄的山路上，路的另一边就是万丈峡谷。司机很奇怪地把车子越开越快，而且拐弯时明显没有减速。

我们后座的四个人互相对望，不知如何是好，更不知道司机到底在弄什么把戏。要知道在西藏翻车的情况非常普遍，一不小心就很容易出意外，出了意外也很难马上得到救援。当我们还在迷茫的时候，司机突然间把车停住,然后下车检查胎痕。我们都被司机这个出乎意料的举动吓坏了,但又不知道该对他说点什么。我们五个人的性命可都掌握在他的手中。

最后,有惊无险终于到达了最后一个补给站——拉孜。刚进城,司机就把车停在一家饭店门口,然后直奔里面叫老板娘马上拿东西来吃。直到这一刻,我们才恍然大悟,原来司机的疯狂行为是因为饿晕了。虽然他声称不想吃我们的甜食,但我还是不明白为什么他没有在日喀则停下来吃饭。

为了确保我们可以平安回家,杰决定在吃过晚饭以后请司机去喝酒,以便与他搞好关系。

拉孜是一个很小的县城,除了几家杂货店和饭店以外好像就没有其他地方,而我们住的气象旅社虽然看起来已经算是条件最好的了,但是这里还是没有浴室。所以,我和真约好了去旅馆附近找洗澡的地方。

我们穿着拖鞋,拿着毛巾走过大街,找到了一家小店,在后面的院子有供人独立淋浴的地方。因为水是马上烧的,所以每次只能让一个人洗澡。我先洗完之后,一个人坐在长凳上等她。那时候已经是傍晚,天气变得有点凉,地上湿湿的,好像刚下过雨,感觉还蛮奇特的。

我们顺道去旅馆对面的超市买了一点水和干粮。回去后,就各自回房间整理东西。

收拾好后,我一个人躺在床上,有点无聊。"要不要去找她聊天呢？"我心里想。结果我还是没有勇气去找她，只是再到楼下走了一圈。

回来时我发现她在我房间外面的走廊上徘徊，感觉好像在找我。"找我吗？"我内心窃喜，但故作镇定地说。我们又去超市买了点儿东西，然后坐在她的房间聊天。可能是因为我们开始熟络了，所以今天聊得蛮开心的。

我和真聊了一两个小时后，杰回来了。他好像喝了不少酒。我们三个继续聊了一会儿（其实主要是我和杰在聊），都是跟感情有关的。

他跟我说，自己没交过女朋友。我心里想他的样子也不差，又是名校毕业，工作也不错，怎么会没有机会谈恋爱？难道是因为清华学生都比较腼腆？当然，我没有把这几句话说出口。

很理所当然的，下一个话题就成了他问我现在有没有女朋友。我想了一想，实在不知道怎样回答他。

小桃是我在雅虎交友网站认识的，一个普通的香港女生。我在南京的时候我们常常通长途电话，我跟她还算是蛮聊得来。虽然我在电话里表白过喜欢她，但是我自己的感觉也不太确定。是因为我一个人在南京太寂寞吗？还是我真的很喜欢她？我们只见过一次面，也算是女朋友吗？没有牵过手的也可以算是女朋友吗？对于女朋友的定义以及我和小桃的关系，我实在不想跟他解释那么多。

我不想说谎，所以给了他一个比较含糊的答案："算是有吧"。我看看真，发现她好像已经睡着了。然后杰又追问我小桃是做什么职业的，我只好又敷衍了一下，说她是护士（小桃是在中医诊所当登记员和配药的），怕他没完没了地问下去。

可是，杰还是继续发问，好像誓要把我的情史挖得一干二净。这是我有生以来第一次觉得跟没谈过恋爱的人聊天是多么吃亏。后来我只好又乖乖地交代了前一段的恋爱经历。

到了十点钟灯突然熄灭了，原来旅馆晚上是限时供电。我很高兴终于可以解脱了，原先我生怕要跟他一直聊完我的初恋他方肯罢休。

我马上趁机闪人，真也好像刚醒过来想要去上厕所。我便毫不犹豫地借出我的手机当手电筒用，为她照亮通往厕所的走廊。

说起来，我好像很多天没有跟小桃通电话了。

5月1日 真

这一天我们要通过边防检查站，正式进入珠峰自然保护区。这之前铭基一直非常紧张，因为我们都有边防证，只有他持香港护照通关，不知是否可行。他在车上反反复复地对我说，如果通不过，他就独自一人待在拉孜等我们回来。我们当然尽力安慰他，可实际上大家都没什么把握。

下车前往检查站的途中，铭基一脸痛苦的表情。一问才知道这家伙竟然紧张到肚子痛。我真的觉得又好笑又担心。

所幸我们全都顺利通过。走出检查站的那一刻，他忍不住眉开眼笑：

"肚子不痛了。"

低沉的气氛一扫而空，大家都轮番取笑他。

终于到达珠峰大本营。

无法形容第一次亲眼看见世界上最高山峰的感受，还有那些五颜六色的各国登山者的帐篷以及中央电视台的转播车。在那样的情境中，平凡如我，的的确确感觉到自身的渺小。

当天住在离大本营不远的绒布寺招待所。绒布寺由红教喇嘛阿旺丹增罗布创立，依山而建，是世界海拔最高的寺庙。从窗口望去，可以直接看到珠峰之巅。山顶有一团乳白色的烟云，像一面白色的旗帜在珠峰上空飘扬。然而招待所的房间极其简陋，毯子褥子脏旧不堪，据说里面还有跳蚤繁衍不息。不过这些也都早已习惯了。

我和铭基决定出去逛逛。珠峰脚下已然寒气森森，我在外套上面再加了件头一天在江孜小摊上买的军大衣，还是冷得直哆嗦。铭基忽然从包里掏出一个口罩递给我："戴上口罩可能会暖和点。"

我依言戴上，果然没有那么冷了。没想到"非典"的衍生物还能派上这样的用场。

乘车前往大本营。没想到在那里遇见了好几个疯狂的人。先是几个北京来的大叔热情地拉着我非要合影，而在穿着臃肿军大衣的我被迫留下了一张面容呆滞的照片之后，这几个大叔就心满意足地一哄而散了。之后又遇见了一个看起来有点诡异的香港男生。他先借了铭基的手机说打电话给女朋友，然后说请我们去喝甜茶，最后甜茶的钱却是铭基付的……

和铭基一起去简陋的邮局寄明信片的时候，发现这里竟然只卖明信片而不卖邮票，西藏人民实在太有个性了。就在我感到绝望打算放弃的时候，铭基忽然如同变魔术一般地掏出几张邮票！我崇拜地望着他：哇！原来这个世界上竟然真的有随身携带邮票的人……

车开回绒布寺，我们在寺内外转了转。与西藏的很多寺庙一样，这里也已经相当的衰颓破败。特别的是寺中同时有僧人和尼姑混居而住。寺外白塔下的玛尼堆倒是甚有气势，四周散落着数不清的经幡和哈达，这是当地佛教徒们的一片朝圣之心，现在也成为世界各地登山爱好者为自己祈求平安和好运的一种形式。

回到绒布寺招待所后,原本平静的气氛忽然变得不寻常起来——杰向我们宣布他要去攀登珠峰。

我们全都愣在原地,呆若木鸡。

杰说:"都来到珠峰了,难道你们没有想过要爬一下么?"

我们四个人全都缓缓摇头。

要知道我们行程很紧,登珠峰可不是一朝一夕之事。再加上他全无装备,又没有登山经验,此行危险异常。他之前从未和我们提过这件事,而眼下却固执如牛,非去不可。怎样劝阻都是无用。

事已至此,我们开会讨论后只好勉强同意,但是让他浅"登"辄止,第二天一早就回来,因为原先定好的行程不好更改。他也一一应允。大家忙着叮嘱他注意安全。见他无论如何不肯把睡袋带走,铭基只好强行在他衣袋里放了几个发热包。杰一甩背包,慨然而出,其情其状,大有"风萧萧兮易水寒"之感。

晚上吃饭时,发现我们的储备不够。不但作为主食的方便面数量太少,连巧克力之类的零食也所剩无几。讨论决定,今天晚饭:司机师傅吃一碗方便面,其他四人每人半碗。

我和铭基分吃一碗。吃完后我一点也没有饱,想来铭基就更不够了。

西藏的天黑得很晚,雪山在夕阳下呈橘红色,较之白天又添一分温柔。

晚上四个人睡一个房间。虽然是极寒冷的夜晚,躺在睡袋里却热得透不过气来。

5月1日　铭基　拉孜－珠峰　夜宿绒布寺招待所

因为快要到珠峰的关系，所以心情异常兴奋。作为一个没有边防证的人，我还是隐隐感到不安。按最坏的情况打算，我可能要在定日下车，等他们从珠峰回来。

中午在定日补给过后，我们就要经过武警驻守的边防检查站。

进去检查以前，我非常非常的紧张，突然间肚子也疼痛起来。我拿着我的香港身份证、回乡卡还有护照进了检查站。可笑的是，这三个证件上的照片看起来都不一样，唯一的共同点就是一点都不像我。

我战战兢兢地把我的三件宝贝交给了武警大哥。

武警大哥只是随便翻了一下，就把证件还给我，挥手示意我离开。

我的心头大石总算放下来了。顷刻间，我感觉到人生是多么的美好，肚子也马上不再痛了。当我回到车上，大家都替我感到高兴。

我运气那么好，边防检查都被我顺利通过了，那我也应该可以看到珠峰的庐山真面目吧？我们的车越爬越高，看到外面都是寸草不生的地方。已经感觉到空气越来越稀薄，我猜海拔应该有五千米以上。幸运的是我一点高原反应都没有。我跟真和杰爬上了一个土坡拍照，环顾四周，寸草不生，杳无人烟，很有"天苍苍，野茫茫"的感觉。

日落前我们到达了珠峰大本营，世界第一高峰就矗立在我的面前。虽然看起来没有我想象中那么高，但是很漂亮。在云中若隐若现的峰顶,就好像一个披着面纱的少女一样妩媚。

当我在附近拍照时,真过来跟我说遇见了一个香港人。找到他以后,他马上就问我有没有手机。原来这里有中国移动网络?天啊,太神奇了。有人说这是西藏被现代文明破坏的好例子,这个说法我并不完全同意。因为我觉得人类是需要进步的,总不能永远停留在石器时代。当然,那些污染环境的行为我还是坚决反对的。

在他用我的手机打电话给女朋友时,我和真就去中国邮政的小摊贩寄明信片。要了几张珠峰的明信片打算寄给家里和朋友,最后发现他们居然不卖邮票!当她表现出非常失望的时候,我从钱包里掏出了一叠邮票。在她惊讶和崇拜的表情中,那一刻我觉得自己好像成为了她的偶像。我们一边说笑,一边帮自己的明信片盖章。

后来,那个香港人把手机还给我,还坚持要请我们去喝甜茶。在那个简陋的帐篷下我们点了一壶甜茶,然后坐下来聊天。他说他已经出来旅游一年多了,最近几个月都待在珠峰。后来我和真都觉得他说话让人摸不着边际,看起来还有点傻乎乎的。最后买单时他说没有带钱出来,所以买单的还是我。

后来我和真得出的结论就是,很可能他大脑长期缺氧才会这样。

说到甜茶,让我想起八朗学的同伴。八朗学外面有一家藏式茶馆,我跟阿明他们常常去那边喝甜茶。那个茶馆没有招牌,揭开一个藏式门帘进去就是了。房间不是很大,甚至有点挤,灯光也比较昏暗,光顾的大多是藏民。甜茶有点像港式奶茶，其实也不怎么好喝。可是不知道为什么，我们就是很喜欢去，差不多每天都要去一下才安心。

最后我们告别了那个香港怪人便离开大本营，去附近的绒布寺招待所投宿。安顿过后我和真两个人便过去旁边的绒布寺参观。绒布寺是世界上最高的寺庙，海拔4980米。

这里的风景真不错，可以清楚看见珠峰全景，外面还有一个白塔。寺庙里面挺有趣，既有喇嘛又有尼姑。我们参观时，有一个小喇嘛想用东西交换我的手表。这个手表是前女友送的生日礼物，虽然不是什么名表，但至少是我喜欢的精工，还有万年历，只好跟他说不可以。这边的小尼姑更有趣，围着真在观摩她的鞋，又连声称赞好看。看来这里的出家人还真不够清心寡欲。

我们离开时真说了一句"只是一直说我的鞋，都不是说我好看"。我开玩笑地跟她说"要不要回去问她们？"这话马上把她吓坏了，有点不好意思。我想，女生都是喜欢人称赞的吧。

回到了招待所，杰说要回大本营，因为他想明天早上去爬珠峰。我们一致表示反对，因为这样鲁莽的行为确实太危险了。要知道没有充分准备的话，在海拔5200米的大本营再往上爬，很可能会在山里迷路。而且身体对高海拔的适应也是一个很大的问题，随时会有生命的危险。可是最后在他的坚持下，我们也只好让步。经过多方协调后，司机也只好同意送他过去了。

杰走了以后，我们在房间吃晚饭。晚饭很"丰盛"，都是我们带来的罐头、零食，还有方便面。因为我们方便面不是很够，我就跟真同吃一碗。虽然不是很饱，但是感觉却很温馨。晚上我们四个人就睡在一个房间。早听说绒布寺招待所的跳蚤非常有名，所以我们都是睡在睡袋里面的。我怕大家冷，给了每人一个暖包。四个人在黑暗中聊天，聊到睡着为止。

5月2日 真

很早醒来，雪山在阳光照耀下简直光芒万丈。

勉强用一点点水刷了牙，脸也没洗。

走到房门前，看见他们正在泡方便面，还是老规矩，司机一碗，我们每人半碗。

我立即悄悄溜走。心想，铭基是男生，肯定已经饿坏了，而我又不是很饿，不如让他一个人吃好了。

抱着这样的想法，我一个人足足在外面逛了一个小时才回来。估计他们也该吃完了。

令我大吃一惊的是，其他两人已经吃完，而我和铭基的那一碗还原封不动地放在那里，已经凉了。铭基竟然一口也没动过。

我那时的感受，应该只能用"感动"来形容吧。

我忍不住问他："你为什么不吃？你先吃一半也可以呀，何必要等我？"

他老老实实地说："我太饿了，很怕一发不可收拾，把你的那份也吃了。"

再次前往珠峰大本营。

海拔实在太高，在拉萨也就罢了，在这里，走几步也喘个不停。

只是爬上一个小山坡，竟花尽全身力气，且气喘如牛。我一向自认身体素质好，在这里却毫无用武之地。

下坡路很陡，铭基先下去了，我却一时不知往何处下脚。正在犹豫的时候，他忽然向我伸出一只手。

没想到的是，握住他手的那一瞬间，竟然全身有种触电的感觉。

真的已经好久没有这种感觉了。

是不是真的有点喜欢上他了？

放开手的时候，我偷看他的表情，他看起来若无其事的样子。

我有点失落，却还沉浸在刚才的感觉中，一时无法回过神来。

一定是有什么，在秘密地发生着。

我们气喘吁吁地往回走，赫然发现杰就在前方200米处，像个英雄似的坐在我们那辆吉普车的车头上。他看起来体力透支，但是仍然神采飞扬。

我惊喜地大叫一声朝他跑去，杰跳下车，抱起我转了两个圈。

大家之前都担心得要命，看见他平安回来真是太开心了。杰告诉我们，他半夜起来登山，爬到6500米，中途休息时因为疲倦而睡去，幸亏藏民把他叫醒，不然可能已经冻死在山上了。我发现，连他防风衣的风帽上都结了一层冰。

我还是觉得他的所作所为太过冒险，不过也的确佩服他追逐梦想的勇气。当时说服我们让他登山的时候，他说，每个人都是带着自己的梦想来到西藏的，这梦想或许不容易实现，可是如果连试都不试，以后的人生也会一直怀有遗憾。而他的愿望就是能够在珠峰上留下属于他自己的足迹。

珠峰是我们此行的终极目的地，之后就是从另一条近路开回拉萨了。一路风驰电掣，傍晚时分，我们抵达西藏第二大城市——日喀则。

日喀则是一个非常美丽的城市，由于城市建设颇具规模，物价也高一些。从珠峰到日喀则，海拔骤然降低不少，铭基忽然觉得胸口痛，他自嘲说这是"低原反应"。

晚饭吃四川火锅，吃着喝着，桌上六人分成三对聊开了。乐和滔本就是情侣；杰和师傅在珠峰曾经因为登山一事大吵一架，和好后感情又深一层，喝酒碰杯，不亦乐乎；我和铭基也聊起来。不过名为"聊天"，其实基本上还是我说，他听。在酒精的刺激下，我开始滔滔不绝地告诉他关于自己的过去，不愉快的经历和感情。说到痛处时，要花很大的努力控制自己，不让眼泪流下来。而他则一直认真地倾听，极少发表意见。

倾诉完的我舒服许多，走出餐厅的时候，在镜中看见自己的形象，吓了一大跳。我的头发长了，皮肤也烙上了高原阳光的印记。大概是因为好几天没有洗澡，镜子里的那个人头发打结，面容憔悴，衣服邋遢，好像刚从垃圾堆里走出来。我沮丧地想，难怪铭基对我没感觉，这副尊容也真是无法见人。

5月2日　铭基　珠峰－日喀则　夜宿旦增旅馆

早上起来，看到了珠峰金光灿烂的日出。我们吃过早饭后，再次回到了大本营。

今天的珠峰比昨天看到的清楚多了。大本营前有一个小土坡，大概几层楼高，我和真打算爬上去拍照。爬了没两步，我们就已经气喘如牛了，5200米的海拔真不能小看，难以想象人类真的可以征服珠峰。下坡的时候，我看见真在那些大石中间走得比较慢，于是向她伸出援手。

她想了一想，然后把手放在我的掌心中。我牵着她的手一起下坡。

在这种情况下，一般我是不会感到紧张的。今天却是例外，虽然我表面上看起来好像若无其事。

我们之间好像多了一种微妙的感觉。

慢慢地走回刚才停车的地方，远远已经看见杰回来了。我们一起过去迎接他，他一见面便把真整个人抱起来了。我在想："虽然他们还不是情侣，难道他们暗地里都在喜欢着对方？"这件事整天在我的脑海里面挥之不去。

我们终于要离开了，能够清楚看到珠峰，总算不枉此行。傍晚的时候我们回到了日喀则，奇怪的是我的胸口不断在隐隐作痛，难道这是"低原反应"吗？

晚上我们一起去吃火锅，我坐在真旁边。她跟我聊了很多关于感情的事情，我听后心里觉得很难受。

回到旅馆以后，我和真和杰还一起聊了一会儿。离开时，我在真的耳边轻轻说了声晚安。

5月3日 真

杰有别的事要办，我于是有机会单独和铭基一起出门。

我们先去了《Lonely Planet》（《孤独星球》）上推荐的一家西餐吧吃早餐。由于外国人多的缘故，听说西藏有不少不错的西餐厅，可是来到这里以后我们并没有吃过正式的西式早餐。杰常常自嘲是个"粗人"，吃什么都无所谓。而我和铭基很大的一个共同点就是对各种美食的疯狂热爱，都属于那种在条件许可的情况下对食物有所要求的人。令人失望的是，那天的早餐并不出色。然而这是我们第一次单独两个人安静地享用早餐，感觉还是挺美妙的。

接着去扎什伦布寺——日喀则地区最大的寺庙，也是格鲁派六大寺庙之一。这座寺庙清洁美观，井井有条，但也因此丧失了很多西藏寺庙所特有的、原汁原味的东西。印象最深的是有一个地方走来走去都找不到出口，我们几乎迷路，转了一圈又一圈。

逛完扎什伦布寺后，我们又直奔日喀则手工艺品市场。这里的手工艺品很多来自尼泊尔，比拉萨的那些还要精美，手工也更细致。终于遇到给家人朋友选购礼物的好机会，我在各个摊位间转来转去，疯狂地大买特买。由于时间有限，我便决定放弃午餐，继续购物。铭基却饿得撑不住，先去吃饭了，只让我不管买什么也都替他买同样的一份。我很高兴，没想到他这么信任我的品味。

由于当天就要赶回拉萨，在司机师傅一再催促下，我们只好恋恋不舍地离开日喀则。

下午天气热得出奇，我坐在车里直打瞌睡，半睡半醒间听见杰问师傅:"您去过雅鲁藏布江吗?"

师傅笑着一指窗外:"那个,那就是雅鲁藏布江啊。"

原本昏昏欲睡的一车人全都突然清醒过来,随即大喊停车。

我想我们看见的大概只是雅鲁藏布江的一条支流吧,这么雄伟的名字,却也有这么温柔的一脉。

铭基今天穿的是一件 Calvin Klein 的白色 T 恤,手持相机一直拍照。他的目光越过我的头顶,投向远方,好像在找寻什么只有他才能看到的美丽风景。

我站在万丈悬崖边,心神恍惚。眼角的余光却偷偷地看了他一眼又一眼。

傍晚时分终于赶回拉萨。兴高采烈地进了八朗学,却听到一个宛如晴天霹雳般的消息:由于"非典"的原因,拉萨大部分三星级以下的旅馆都不允许再接受新住客,八朗学不幸也在其中。

这一下我和杰、乐、滔全都"无家可归",只有幸运的铭基,出发去珠峰前,不知他怎地灵光一闪,一连付了好多天的住宿费,所以他在名义上就不算"新住客",还是可以继续入住。我又嫉妒又无奈地看着他,他很想帮忙,可也一筹莫展。

这时黄毛等几个老朋友已经跑了出来,看见这样的情况也是有心无力。大家只好站在八朗学的院子里七嘴八舌地商量起来。

乐和滔决定去住三星级酒店,先走了。铭基陪了我们半天,无计可施,也跑去找老朋友们了。听见他们在楼上兴高采烈地聊天,心里真不是滋味。

最后我和杰通过朋友的关系去了部队招待所。对方坚决不收住宿费，还派车来接我们，但是部队招待所太过可怕，不但煞有介事地量体温血压，还严格控制人员进出，要出门的话得先经过申请批准。

如此领教一番之后，我暗暗决定明天一定搬走。正所谓：住宿诚可贵，金钱价更高。若为自由故，二者皆可抛。

5月3日　铭基　日喀则－拉萨　夜宿八朗学旅馆

杰说今天有事要办，不能跟我们一起去扎什伦布寺。我暗自揣测，难道他想给我们制造机会？早上跟真去了一间叫西藏餐馆的地方吃早餐，是昨天我们约好今天一起去的。这算是我们第一次约会吗？那边的早餐真的不敢恭维，地方倒是布置得很漂亮，我们原来打算拍照，可惜后来也忘记了。

到扎什伦布寺了，我和真随着人流在寺里瞎逛，时而慢走，时而拍照，时而聊天，结果最后走来走去总是回到同一个地方，感觉好像进了迷宫。最后总算走出来了，在寺中的大殿居然碰见了杰，可是大家打过招呼后却继续各自走，感觉有点怪。

回到旦增旅馆，和真到对面的市场买了点纪念品。离开以前，我给小桃打了一个电话，简单地交代了这几个星期的去向。聊完以后，真问我给谁打电话，我说给家里打电话。可是，我为什么要撒谎？我真的那么介意她对我的看法吗？

在回拉萨的路上，我们停在雅鲁藏布江旁边休息。那时候，我拿起相机四处在寻找，寻找拍照的灵感。突然间，我捕捉到真的一个动人神韵，便毫不犹豫地按下快门。

我真的很想很想为她拍很多很多漂亮的照片。

收到黄毛发来的短信，他告诉我拉萨因为"非典"的关系现在闹得非常紧张，基本上新来的人都不能住在八朗学和吉日等藏式旅馆，想住就只能去指定的星级饭店。另外，每天还有专人定时来替他们量体温。我把这个坏消息告诉他们，大家都感到非常意外。

在回去的路上，真显得非常担心，不断跟我说希望可以继续入住八朗学。我想：她为什么那么担心？为什么那么想再住在八朗学呢？是因为我吗？当然，我还是很想她可以继续住，那样我们就可以有更多机会相处。

回到拉萨，八朗学果然不能再住了。幸运的是我离开前已经把房租付到了最后一天，所以回来可以继续住，而可怜的是他们要另找住处了。乐和滔去了星级饭店，只剩下杰和真在懊恼着。虽然我也很想帮忙，但是却想不到什么解决办法。

陪他们等了一会儿以后，我还是去找黄毛和阿明了，他们在八朗学天台那边喝咖啡。虽然我知道他们在楼下，但还是没有勇气下去跟他们一起等，只是远远地坐在天台看着他们。过了很久，他们才离开。

深圳大姐明天就要离开拉萨去阿里了。大伙儿为了欢送她，一起去吃饭和喝酒。

不知道真她现在怎么样了，很想打个电话问一下。我想杰应该会好好照顾她吧。犹豫了很久，还是按下了手机的拨出键，得知他们住进了朋友介绍的军人招待所，我才放心一点。

5月4日 真

昨天晚上铭基打电话告诉我们，他想出了个偏门的主意：由于住在吉日旅馆的深圳大姐今天一早就走，在和她商量以后，大姐把房间钥匙留给了铭基且没有退房。如果我们悄悄进去住她的房间，估计没人发现。即使发现也应该可以通融一下。

因此我们一早便带着行李打车去了吉日，其实也就紧邻着八朗学。在出租车上就看见铭基正蹲在路边打电话。

我第一反应是：他今天有点不同。杰也说："铭基今天有点不一样。"可是究竟是哪里不同，我一时也说不上来。

这时铭基忽然抬起头，朝我们的方向茫然地望了一眼。

你在我旁边，只打了个照面。五月的晴天，闪了电。

我无法形容当时的感觉，可就在那一瞬间，那种被雷电击中的感觉，竟然真实地发生了。

我一向不是注重男生相貌的那类人，也很难得被肤浅的色相所震撼。因此我自己也无法解释，何以忽然对他的面容和目光有如此强烈的反应。

直到下了车才发现，他今天戴了隐形眼镜，还刮了胡子。整个人焕然一新，不再是珠峰那个粗枝大叶不修边幅的铭基了。

我们悄悄溜进大姐的房间，刚放下行李，服务员就气呼呼地冲进来，揭露了我们的"阴谋"。我们想让她通融通融，谁知藏民的思维逻辑与汉人根本不是一个体系，她根本不吃我们那一套，说破嘴皮也没用。

万般无奈下只好投靠那家三星级的雄巴拉宾馆,价钱真是贵得让人心痛。

下午和杰去了哲蚌寺。

由大门到佛殿是逐步升高的过程,山路漫漫。蓦然回首,山道上空无一人,好一个清净所在。到得殿前,看见僧人正在扫地,"唰拉唰拉"的声音反倒更衬出此间的宁静。待得久了,时间和空间感都变得模糊,浑忘此处何处,不知今夕何夕。

晚上与杰和铭基约好一起去那个拉萨最有名的文化餐吧玛吉阿米吃晚饭。

"玛吉阿米"的名称出自六世达赖仓央嘉措的情诗:

"在那东方高高的山尖,每当升起那明月皎颜,玛吉阿米醉人的笑脸,会冉冉浮现在我的心田。"

玛吉阿米现在已几乎成为西藏游客必去的场所。藏式布置,兼夹西方品味,自成一格。最经典的是那里的留言簿,厚厚几大本,写满了各国游客的故事和感言,我觉得没有哪部文学作品能有这般感人。留言簿在我手中一页页翻过,忽然读到一篇一个女生为完成死于登山事故的男友的遗愿,再次来到这个伤心地,再次准备攀登珠峰的故事,为文字间的真情挚爱所打动,忍不住落下泪来。

可能是下午爬山时受了凉,忽然间我开始打起喷嚏,一个接一个,眼看是要感冒了,铭基把他的外套借给我穿上。

那件外套的温暖,真是一生也不会忘记。

喝着酒,聊起在西藏给我们印象最深的事物。杰忽然指着我对铭基说:

"我印象最深的是她。"

我吃了一惊。虽然早已有点感觉到他喜欢我,也还是不好意思了。

铭基的答案是"现在"。

(和我在一起的现在吗?)

轮到我的时候,我撒了谎。

我印象最深的怎么可能只是那些寺庙?可是,真正的答案,当时的你知不知道?

5月4日　铭基　拉萨　夜宿八朗学旅馆

早上起来，我把留了两个多星期的胡子剃掉，还戴了隐形眼镜。一直觉得自己在西藏特别邋遢，也应该改变一下形象了。

和黄毛一起去给深圳大姐送行，他表现得非常舍不得大姐。我们都怀疑他其实是在暗恋大姐，虽然大姐除了年纪可以当他大姐以外，不能不提的就是大姐还是别人的老婆。

姐弟恋，现在可是相当流行啊。

原来我已经计划好把大姐在吉日旅馆的房间钥匙拿过来，让真他们偷偷住进去。但是我们到房间坐下来不到一分钟就被发现了，马上被打扫的人赶了出去。抢滩吉日事败后，她也不想回军队招待所了。后来他们还是去了那一家指定的饭店，价格贵一点也没办法。

看着真和杰坐上出租车离开后，我去了布达拉宫和大昭寺。一个人瞎逛，一个人吃饭，一个人拍照，觉得没什么意思，只好又回八朗学。

晚上跟杰和真约好了一起去玛吉阿米。

玛吉阿米是一家非常有名的藏式餐吧，就在八廓街上，离大昭寺不远。这里真是一个舒服的地方，里面的布置十分特别，一派藏式风格。

因为"非典"的关系，来这里的人不是很多，我们占了中间有大沙发和茶几的位子。杰和真坐在一边，而我就坐在对面。我们在这里吃晚饭，喝酒，聊天，非常惬意。

桌上放满了店里的留言簿，精致的留言簿满载着大家在西藏的感受。随手拿起一本翻过后，我觉得非常的激动。

来到这里的人都是热爱着西藏的，热爱着这片地球上最后的圣土。这里有着灿烂的阳光，蔚蓝的天空，连绵的山脉，澄澈的湖泊，虔诚的信徒和纯朴的藏民。如果可以在这里遇到喜欢的人，一定是人生最美好的回忆。

在众多的留言中，其中一段是关于一对情侣在西藏登山时男生因意外而逝世的故事。留言簿上的就是那位女生写给"他"的信，写得真挚感人。真看过后，眼泪涌了出来。我知道，是因为这个故事触碰了她心底的痛处。不善言辞的我，实在不知道该说些什么安慰的话，只好缓缓为她递上了纸巾。

过了一会儿，她终于平静下来。我们继续聊天，她问我和杰在西藏印象最深刻的是什么。杰马上对真说："我在西藏印象最深刻的就是你"。

我听后吓了一跳，这个……算是表白吗？我偷偷看了她的表情，好像有点害羞。

为了婉转表达她也是我在西藏里最重要的回忆，我说："我印象最深刻的就是现在这个时刻"。她会明白吗？但是我看她好像没有什么反应似的，或许我真的说得太隐晦了。

然后到她说了。

她想了一下，说："我在西藏印象最深刻的是寺庙。"听罢，我努力去尝试理解这句话的含义。

是因为我们一起逛过很多寺庙吗？

后来，真觉得有点冷，借了我的外衣来穿。虽然我也觉得挺冷，但为了保持风度，也就只好放弃外衣了。

5月5日 真

三点多就起了床。外面漆黑一片，空气中的寒意直沁骨髓。

这一天的主题有点神秘又有点血腥——

天葬。

天葬是藏族古老神秘而又普遍的风俗习惯。简单说来，就是将死者的尸体喂鹫鹰。鹫鹰食后飞上天空，这被认为是死者顺利升天的象征。天葬的习俗究竟始于何时，并未见有明确可信的记载。然而由于藏族与佛教的渊源，我一直觉得佛教中"尸毗王以身施鸽"及"摩诃萨埵投身饲虎"的故事也许就是天葬的来历。

听说过太多关于天葬的传闻，不亲眼看看实在不甘心。尽管我其实怕得要命。

主持天葬的场所是直贡梯寺，离拉萨颇有一段距离。半夜里开车出发，一路颠簸得连骨头也几乎散了开来。最可怕的是前面有一辆送灵的白车。想到那辆车大概和我们是同一个目的地，我吓得连汗毛都一根根竖了起来。

我闭上眼睛打算睡觉，可是哪里睡得着。杰把他的外衣盖在我身上。随着车的颠簸，衣服也一点点往下滑。虽然闭着眼睛，也能感觉到坐在我身边的铭基右手搭在我的椅背上，不时地从后面轻轻替我把衣服拉好。尽管这条路又长又黑又颠簸，此时却真有点暗暗希望这车就一直这样开下去。

车开到位于半山腰的直贡梯寺，我们仍然留在车上等待更多灵车的到来。

今天是星期一，周末按惯例是不举行天葬仪式的。我们知道今天送来的尸体数量会比平时多，可是悄悄数一数，吓了一大跳——竟然有七具之多！

僧人们鱼贯而出，一排排站好。远道开车送来死者的家人们，也开始忙着从车上把尸体搬下来。他们还从车上搬下了许多一袋一袋的东西，好像是土豆之类，大概是送给寺庙的谢礼。

僧人们围着地上的死者开始做起法事，半空中尽是诵经祝祷之声。我们默默站在一旁，尽量不惹人注意——据说如果死者家人不愿意让外人看天葬，我们就极有可能被赶走。

我原以为天葬只是在寺前进行，谁知做过法事之后，死者又被其家人背起来往山顶走，我们一路跟在后面。山路崎岖，空气稀薄，海拔极高，走得我们上气不接下气。

那时我很清楚接下来将看到什么，说不害怕是骗人的。我胆子不大，平时看到电影里的血腥场面都会捂住眼睛。可是一直想看天葬，老实说当然是怀着猎奇心理。然而发现真的快要见到的时候，全身都有点发抖。

铭基大概看出我的恐惧，走到我身边安慰我不要害怕。

爬山的整个过程中，杰都一直把手搭在我的肩膀上，因为这样的举动，常常有人把我们认作情侣。可实际上是落花有意而流水无情。杰是个很好的男生，可我对他的确只有朋友般的情感。尤其是对铭基渐渐产生好感之后，越来越不喜欢杰的这些处处体现"亲密"的小动作。我一路上都试图摆脱他搭在我肩上的那只手，生怕铭基会产生误会。无奈怎么也摆脱不了。偷看铭基一眼，只见他加快脚步，走到我们前面去了。

终于走到了山顶，眼前一大片平坦的空地，就是传说中的天葬场了。

我本能地想坐得远一点看，想一想觉得这是难得一见的场面，又壮着胆子往前挪了一些，找到一块石头坐下来。而铭基却找了个极近的位置，紧紧盯着天葬师的一举一动。我觉得他胆子真大。

天葬的具体过程也无须赘述了，总而言之确实和传说中一模一样。一开始实在触目惊心，可是看得久了，我竟然也麻木了，觉得好像在看电影一般，有种不可思议的非现实感。"这不是真的"，我对自己说。虽然心里知道此事千真万确。

最令我吃惊的还是那些一闻见桑烟和血腥味就瞬间从山谷中飞来的大批秃鹫，其体型之庞大是我平生所未见。天葬师处理尸体时，有专人负责将它们拦住。一旦解除防线后，它们就以一种恐怖的奋不顾身的姿态红着眼冲向尸体。一时间只见灰压压的一片，它们互相抢夺着，跳跃着。空中像下雪一样飘着它们拼抢时掉落的羽毛。在这样的阵势面前，我惊得说不出话来。

我真的很害怕这些巨大的秃鹫。然而藏人认为，天葬台周围山上的秃鹫，除吃人尸体外，不伤害任何小动物，是"神鸟"。

前后不过短短一段时间，天葬场上便真的是尘归尘，土归土了。肉身完全消失了，消失得干干净净。

在那一瞬间我忽然有所感悟，觉得这才是生于自然而还于自然，真正是"赤条条来去无牵挂"，走得一清二白，干干净净。而鹫鹰只是帮助死者达到这样干净彻底的解脱的媒介。我忽然开始有点欣赏这种特殊的殡葬仪式，觉得这是源于藏民本身对于生命的敬畏。

看完天葬回来，气氛一下子轻松许多。大家一回到车里就吃起饼干来，现代人的心理承受能力着实不容小觑。

回去的车程，一如以往，铭基还是坐在我的旁边。想把头靠在他的肩膀上，可是不敢，觉得太唐突，又不知他对我是什么感觉。内心挣扎许久，终于感情战胜理智。借着车子的颠簸，我轻轻地靠在他的肩膀。不敢持续太久，每次车子一颠，立即分开。过得一阵，再慢慢靠过去……自始至终我都闭上眼睛假装睡着。看不见铭基的表情，但我知道他一定没有睡着。

晚上，在雄巴拉宾馆接到铭基的电话，让我们去八朗学喝酒。杰本来不是很想去，但是看见我执意要去，也就只好随行。

我们坐在铭基的房间里喝啤酒，八朗学各路英雄济济一堂。记得众人中还有一个红衣红裤，满头发辫的怪少年，自称"小草"。

另外一个香港朋友阿明给我们玩了很多有趣的心理测验。阿明在这方面有很深的"造诣"，我们都尊称他为"黄半仙"。印象最深的是他在一张纸上画了很多格子，让我在不同位置的格子里凭感觉随意写出不同朋友的名字。我照做之后把纸递给他看。他分析了一番，悄悄告诉我，在我的心里，现在最重视的，也是和我最亲近的人，是杰。

我心内暗笑，黄半仙啊黄半仙，即便你号称"算尽天数，料事如神"，也绝对料不到一件事：

那个位置我本来想写的是铭基的名字，因为害羞才换成杰的。

我望向铭基，他正和朋友聊天，好像根本没有留意到眼下发生的事情。

5月5日　铭基　直贡梯寺　夜宿八朗学旅馆

清晨五点钟出发去看天葬。

天葬是藏族最高荣誉的葬礼，而直贡梯寺是世界三大天葬台之一。天葬师会先把死者的遗体肢解，然后天上的鹫鹰就会飞下来把肉吃掉，意思就是把死去的人带到天上去，飞到极乐世界。

我们到达直贡梯寺时，天葬还没开始。遗体一具一具的送来，都是用白布裹好平放在担架上的。按照传统，每月藏历的初八、十八、二十八，还有周六、周日都是不能天葬的。因为今天是星期一，所以应该算是比平常的多，一共有七位往生者。司机已经先提醒过我们这个数目是不能数出来的，所以我们都显得非常谨慎。除了遗体外，还有很多其他的祭品。

过了一会儿，天葬仪式开始了。首先是在寺庙前举行了一些藏族仪式和念经。然后，大家就一个接一个地走到寺庙后面山上的天葬台。在路上，我发现真看起来好像很害怕似的，只好逗她说话让她不用那么紧张。

走过一段崎岖的山路后，我们到达了天葬场。看天葬时，杰把手放在真的肩膀上以示安慰。我看在眼里，虽说有点妒忌，但其实已经算是司空见惯。为了把天葬的过程看得更清楚，我往前走了一点，但又不好意思走太近，怕那些藏民觉得不尊重。

在回拉萨的路上，因为太累的关系，我们都在车上睡着了。在半梦半醒间，我发现真好像把头靠在我的肩膀上。这是我们同行那么多天

（我们在车上一直都是靠着坐的）第一次发生的事情。难道是因为路太颠簸吗？还是她已经有点喜欢我？为免惊动她，我继续假装睡觉。虽然我已习惯了在旅途中"出租"肩膀给同行女生休息，心里还是暗自欢喜。

晚上我们一群八朗学之友买了一箱啤酒回来，准备一起在我和阿明的房间喝个痛快。那时候我真的很想叫真一起过来玩，但是又觉得有点不好意思。奇怪的是阿明好像看穿了我的心思，跟我提议把真他们叫过来。我当然是求之不得，马上打电话给她。但是她只说可能会过来，让我有点失望。

最后，真和杰还是来了，我知道自己高兴的表情已经写在脸上。我们一边喝酒，一边聊天，然后阿明又给大家玩心理测验。其中一个心理测验是要把九个名字写在九宫格里面，然后阿明给我们分析每个位置是怎样代表那个人在你心目中的位置。

我特别留意真会写什么，最后却发现她把杰的名字写在"心里觉得最重要的人"那一格。阿明给她分析时他们都显得有点尴尬。那时候我心里面认定了真一定是喜欢杰的。

大家走了以后，我坐立不安，觉得有点不吐不快。所以，我决定写一封信给真，告诉她我很喜欢她，虽然我知道她不一定会喜欢我。我住的是四人间，其他人都休息了。阿明在中央点了一根蜡烛，这样我就写起信来了。

他问我："你写信给谁？"

还没等我开口回答，他已经继续说："不用说了，我已经知道是谁了。"

我心里暗暗佩服。

可是我提笔多时,还是没有下笔。

我真的完全不知怎样开始写好。

他见我这样,就跟我说:"如果想不到写什么,就从'你好吗'开始吧,那就可以继续写下去了。"

就这样,我给真写的信就由"你好吗?……"开始了。

5月6日 真

在西藏的最后一天。

本来打算这一天离开西藏,因为机票的问题又延了一日。铭基本来这一天要去山南,听说我们多留一天,也就临时取消了行程。

上午和杰做了一件极其无聊的事——去医院检查身体。由于我们买的是非常便宜的军航机票,又是特殊的"非典"时期,上机时必须出示健康证明。

繁琐的排队和检查花去了整整一个上午。终于走出医院的时候,杰问我:"下午想去哪儿?"

我终于忍不住爆发了:"这是我在西藏的最后半天了,我想自己一个人去走走!"

他有些被刺伤了,一言不发地离去。

我也觉得自己有点过分激动,然而我也确实早就想单独行动了。当初只是说结伴旅行,可并没说要天天时时刻刻在一起。何况他还处处暗示别人我和他是情侣,弄得大家都想给我们以"私人时间",常常有些什么活动也不叫我们参加。记得第一天到西藏的时候,有人悄悄问我:"他是你男朋友吗?"我非常诧异:"当然不是啊,我昨天才认识他。"那人一撇嘴:"我也觉得不像。可他刚告诉我说你们是一对。"

当下我也只得苦笑。

杰是个很好的男生,对我嘘寒问暖,处处照顾,我也知道他喜欢我。但是缘分这东西是很难说的,我清楚地知道他不是我的那杯茶。

何况现在又多了一个铭基。

我打算再去一次大昭寺。

西藏众多寺庙中，我最喜欢的就是大昭寺。很想离开时再去看上最后一眼。

我先去了充塞康买烟，忽然想去厕所，记起八朗学就在附近，立即去了。其实心里也隐隐希望能在那里遇见铭基。

果然看见他和黄毛、黄半仙一起坐在二楼他们常去的咖啡座上，铭基正埋头写着什么东西。我笑着走近他："写日记吗？"

他吓了一跳，一边点头，一边赶紧把那几张纸收了起来。

黄毛问我："杰呢？"

"我怎么知道？我想自己走走，我逛我的，他逛他的。"我真的不喜欢大家把我们看成一对。留意铭基的表情，我觉得他似乎有点高兴。

大家胡乱聊了一阵，吃了雪糕，黄半仙问我："你想去哪里逛？"

"大昭寺。"

他点点头，转向其他人："那我们也一起去吧。"

我的心里忽然开出一朵花来。

大家在附近小店买了些水和零食，慢慢走去大昭寺。

先在大昭寺门前的手工艺品市场逛了一圈，黄毛买了很多的藏银戒指打算送给朋友。然后我们就在广场上找个地方随便坐下来聊天。

今天的阳光特别灿烂，我只穿一件 T 恤也还是嫌热。开始是我和铭基聊，黄毛和黄半仙聊。后来不知怎的换了位置，变成我和黄毛聊，铭基和黄半仙聊。

我有点失望，心想铭基大概觉得我无趣吧。

不过后来和黄毛聊得也非常开心。这是我们第一次聊那么久。他从钱包里拿出他妈妈的照片给我看，这是我见过的第一个把妈妈照片随身带着的男生。黄毛告诉我他的人生，他的感情，他的困惑，他的理想。我觉得他是一个有血有肉的活生生的人，感情丰富又理想主义，在如今这个拜金的社会里，真可算是稀有动物了。尽管他有点过于感性，但那一腔热血令我想起五四运动中的人物。最重要的是，从他的身上我可以看见自己的影子。那是一个同样理想主义，同样为理想可以奋不顾身的影子。不同的是，我已有点被现实磨钝棱角，那个影子只能悄悄收在心里最柔软的部分。而黄毛则把它完全张扬出来，敢哭敢笑，大情大性，活脱脱是那本成人童话《小王子》中的人物。所以我与他分明是刚刚认识，感觉上却已是多年老友。

虽然聊得高兴，我也有点着急，眼看天色已晚，而旁边几位仁兄都没有进大昭寺的意思。最后还是黄半仙发话："走吧。能逃票就逃，不能逃我们就不进去了，你一个人去，我们在这里等你。"

守门的喇嘛不让他们进去。我正要向他们挥手说再见，铭基忽然说："我买票进去，我还没有进去过呢。"

我还真的有点吃惊。

大殿佛堂还有一段时间才开放，这段时间里我们坐在二层屋顶的塑胶椅子上耐心等待。

这次我也没怎么说话，两个人静静地坐着。

一朵白云缓缓从我们头顶飘过。我拿出相机拍下了这一刻的天空。

在张艾嘉执导的影片《心动》中,金城武饰演的男主角也曾经这样拍下了一张又一张的天空,从十八岁时恋爱分手一直到中年时妻子病逝。葬礼结束后,他把这些照片全都送给赶来日本参加葬礼的,他十八岁时的女友。她在回程飞机上好奇地摊开那些只有天空和云朵的照片,看见了照片后面那些写着日期的如"1992 年 1 月 14 日,非常冷"之类的字迹。看见最后的那句话时,已届中年、历尽沧桑的她也忍不住落下泪来:

"这就是我想你的每一刻。把它们全都送给你。"

按下快门的那一瞬间,我真切地体会到影片中他的心情。

是怎样的百转柔肠。

我告诉铭基这部电影,他微笑说他也看过。

我安静地看着他。两个人之间只有轻轻回旋的风声和温暖的阳光。

云淡风轻。

他拿出相机自拍下我们的合影。拍照的那一刻,我们靠得很近。

我忽然觉得空气中有点异样的气息。

可是这种感觉一闪即逝。

然而那时我已知道,自己永远不会忘记 2003 年 5 月 6 日的这个黄昏。

按照八朗学的传统,晚上我们去喝"滚蛋汤",大家为我和杰送别。

我们在天海夜市吃烧烤,喝啤酒。气氛很热闹,然而我的心情却始终有点沉重。

黄半仙给我看手相。他翻来覆去地端详了半天，煞有介事地说："你以后的老公很帅。嗯，就像我这么帅。"

　　我被他逗笑了。像他这么……"帅"？

　　那我还是不要结婚了吧……

　　铭基坐在桌子的另一头，我第一次长时间地注视他。

　　我对自己说，看一眼少一眼，以后也许就再没有机会这样看他了。

　　他的面部轮廓在夜色中显得格外好看。一双眼睛清亮如水。

　　忍不住告诉他："你的眼睛会放电呢。"

　　"放电？"他有点不好意思地笑了。

　　我也笑了。可是那个笑容僵在嘴边，看起来可能反而有点悲哀。

　　吃完饭我们去唱卡拉OK。那时的拉萨虽然还不够发达，可是玩乐设施还是一应俱全。

　　唱了《青藏高原》、《我的家乡在日喀则》，也唱了《灰姑娘》、《后来》和Beyond乐队的歌。

　　唱到后来大家都有点累了，黄半仙已经在沙发上睡着。

　　终于打道回府。

　　走出卡拉OK厅，铭基突然走到我身边："生日快乐。"

　　他递给我一个信封，还微微一鞠躬。

　　我的生日是六天以后的五月十二号。他居然记得。

　　我打开信封，里面是一封信和一串佛珠。

坐在出租车上我就开始看那封两页纸的信。

"傅真，你好吗？……这次来到西藏，认识了很多朋友。你是他们之中给我留下很深印象的一个……"

我记不清具体的字句和细节，只记得他留意到我每一个动作，甚至每一句无心的话。

真没想到，珠峰之行中那么温和沉默的铭基，竟然一直在默默地关注着我，竟然有着这样细腻的心思。

他觉得我不是很快乐。他希望我变得坚强而快乐。

信的末尾他用英文写道："I like you. I hope we can meet somewhere in the future, no matter in Beijing, Hong Kong or Tibet……"（"我喜欢你。希望我们将来可以再见面，不管是在北京，香港还是西藏……"）

我那时并不认为信中的"like"指的是那种意义的喜欢。可仍是忍不住流下泪来。

因为字里行间表现出来的理解和怜惜，因为他时时处处的关怀和注视，使我觉得温暖。

我是个从小就有点特立独行的女孩子，虽然与周围人相处得都还算不错，心里却一直有些骄傲和清高。因此真正的朋友很少，独来独往惯了，竟有些享受孤独。

记得向前男友提出分手的时候，说了一堆的理由。他完全不能接受，不能置信地说："我现在才发现自己根本不了解你。"

我却很冷淡地说："为什么要了解呢？我们注定是孤独的。只需要陪伴，不需要相爱。"

可是那封信……真的触及到我灵魂深处最脆弱的地方。二十一年来从来没有人对我说过那样的话。所有人都觉得我坚强，所有人都觉得我快乐。因此很多人只是一味将自己的困惑和烦恼向我倾诉，而几乎从来没有想到我也有不快乐的可能性。有不少人喜欢我，可是他们只在意自己喜欢我这个事实，只希望自己付出的感情能够有所回报，却忘了我也会有自己的感受。

只有他看出我最深的悲哀。

才短短几天。却像已相识了一百年。

而今夜我就要向这个相识了一百年的人说再见。也许再也不见。

我拿着信纸的手有点发抖。

车停在八朗学的门口。

我和这些萍水相逢的朋友们一一拥抱作别。

黄毛像对待男生那样用力拍打我的背。黄半仙是一贯的淡淡然。张跃有点没回过神来。

最后一个是铭基。

这是我第一次拥抱他，我想，也可能是最后一次。

我紧紧地拥抱他。

很久很久。

我想，那次拥抱的时间之长，可能破了八朗学的历史记录。

终于放开的时候，我已是泪流满面。

不敢多看他一眼，我脚步踉跄地逃回出租车内，擦干脸上的泪水。

透过车窗向外看，杰还在和他们告别。路灯把他们的影子拉得长长的。

忽然觉得自己好像置身于某部电影的布景之中。

我多么希望这一切都不是真的。

回到雄巴拉宾馆，我一下子倒在床上。

把铭基送给我的那串佛珠戴在手腕上。又拿出那封信来看，看看又哭了。

当时心里只有一个想法：再也见不到他了，再也见不到他了。

杰见我一个人哭得一塌糊涂，也不知如何是好："要不然……要不然我把铭基叫来？……我让他明天一早来送你？……嗯……要不然我一个人先去云南……你……你在这里多待一阵？"

可是铭基后天也要走了，天下没有不散的筵席啊。

我们的相遇，难道只是为了一场别离。

已经不再是小孩子的我自然早已明白，人生就是一个不断重复着相识与告别的过程。这本身并不可怕，可怕的是明明知道"没有开始，就没有结束"的道理，却还是奋不顾身地付出自己的感情，一头栽将下去。

杰大概是非常郁闷，一个人出去了，整整三个小时后才回来。

我几乎整夜无法入睡。

5月6日　铭基　拉萨　夜宿八朗学旅馆

原来我今天是打算一个人去山南的。

但是昨天晚上知道了真和杰因为航班的问题，推迟到明天才走。所以，我便决定在拉萨多待一天，说不定能再见到她。

早上起来，一如以往地跟黄毛和阿明在八朗学天台晒太阳、喝咖啡、聊天。

很喜欢这样的感觉，要是这样在拉萨待一辈子我也愿意。

他们两个写日记，我继续昨天没有写完的信。可是，真好像一阵风一样，突然间出现在我们眼前。我慌忙把那封信收起来，讹称正在写日记。

奇怪的是她今天没有跟杰一起来。

我们一起玩扑克牌，黄毛因为玩输了要给大家买雪糕吃。吃过以后，我们决定了下午一起去大昭寺。

来到了大昭寺前的广场，我们随便找了一个地方坐下来聊天。一开始我是跟真聊的，过了一会儿换了我跟阿明聊。阿明对我说再待一会儿就离开西藏，打算去农村支教当老师。相比起来，我真的觉得自己胸无大志。

这是一个好惬意的下午，我们在附近小摊上淘淘纪念品，随便拍拍照。更有趣的是阿明要不断地跟一个擦皮鞋的小孩角力，因为小孩坚持要擦他的运动鞋。

最后,我们来到了大昭寺门前。黄毛和阿明因为要买门票而不打算进去。虽然我昨天已经买票进去过了,但为了可以跟真在一起,我撒谎了:"我也想进去,因为我还没有去过"。

我们进去以后,一起在主殿外面的转经道转了一圈。

那年那月那日,我们一起转动了在大昭寺的经筒。

因为主殿要七点整才可以进去,所以我们在二楼的椅子上坐着等候。抬头仰望着天空,真想起来电影《心动》的场面,也像模像样地拿着照相机对天空拍起来。

西藏的那一片天空,我想我永远都不会忘记。

我跟她都对西藏有深厚的感情。可是,再过几天,我们都要离开这里了。回到属于自己的地方,回到现实世界,回到忙碌的工作。我要回香港,她也很快要去英国留学。

所以,我们约好了五年后一起再来西藏。

我们没有说很多话,只是默默地感受那一刻。后来,我拿起了相机,我们一起拍了一张自拍照。

那一刻,我感觉从来没有跟她那么接近过。

七点整,我们一起进了主殿。主殿里面很挤,我大胆地把手放在她肩膀上,但是没维持多久我就觉得不好意思而把手放开。后来,"江苏色狼"（没办法，他在西藏的每一天就只顾着认识女生，我们只好这样叫他）发短信问我们什么时候回去一起吃晚饭，我们看完主殿以后只好赶紧坐三轮车回去。

回到八朗学，原来大家都已经聚在一块了。

今天晚上是为了给真和杰送行，我们打算一起去天海夜市那边吃饭。我让大家先走，然后把我没有写完的信完成，并把今天买的一串檀木佛珠放在里面，作为真的生日礼物（她是 5 月 12 号出生的）。

到了天海夜市，我们一起吃烧烤，喝啤酒，聊天。阿明继续发挥他的看家本领，为大家看手相和面相，也从此被人称为"黄半仙"。

真坐在我对面，对我说："我觉得你的眼睛会放电呢。" 因为从来没人这样说过我的，所以让我觉得有点不好意思。

吃完饭后我们去卡拉 OK（是，连拉萨也有那么现代的地方），唱了很多我们在西藏常常唱的歌曲：《灰姑娘》、《我的家乡在日喀则》、《后来》，还有 Beyond 和阿杜的歌。

那个晚上，我一直在寻找机会把那封信交给真，可总是有很多人夹在我们中间。

最后，从卡拉 OK 出来时，我抓紧了那一瞬间的机会，鼓起勇气跑到她面前。因为我知道这很可能是我最后的一个机会，无论如何都不可以错失的。

我唐突地说了一句"Happy Birthday"，然后就把信封塞给了她。我不太敢看她的反应，只记得她好像不知所措地说了一句"谢谢"，然后我们就各自上了出租车。

回到了八朗学门前，我们一个一个地拥抱作别。
我是最后一个跟真告别的。
我们的拥抱非常非常长，好像谁都没有放开的意思。

在那一刻，我觉得世界好像停顿了一样。

到最后，我们还是分开了。我看着她跟杰上了出租车，可是她一直都没有往我这边看过来。

回到房间，我好像还在做梦一样。我真的不太理解那个超长的拥抱到底是意味着什么。我想，她现在应该看了我的信吧？可是，对于我们两个人的感觉，好像既确定又不太肯定，因为我一直以为真是喜欢杰的。在满脑子的疑惑下，我迷迷糊糊地入睡了。

5月7日 真

终于要离开西藏了。

下一站是云南。由于"非典"的缘故,走滇藏线的陆路计划泡汤,只好先飞到成都,再坐火车去昆明。乐和滔与我和杰一班飞机,不过他们是回家。

走出雄巴拉宾馆的时候,虽然明知道铭基不会来送我,却还是忍不住四处张望。

贡嘎机场离拉萨挺远。坐在车里看着一路上的风景,心里恋恋不舍,怅然若失。

真的不想离开西藏,世界上最后一片净土。

我会建议所有人一生之中至少要去一次西藏。那真是个太太太神奇的地方。世界上再没有第二个西藏。她是独一无二的。

在西藏你会发掘出人性中一些最真最纯的东西。过去和将来都暂时抛诸脑后,名利之心淡泊许多,有抛开尘世俗务的轻松感。正所谓"淡泊以明志,宁静而致远"。西藏之行可以改变你的人生观,甚至成为一个转折点,轻而易举地就改变你此后人生的轨迹。

对我来说,西藏之行使我变成一个全新的人。在西藏产生的这段感情,虽然始料未及,却是我二十一年来最纯粹、最随性、最美丽的。

因为还没开始,就要结束,所以,也可能是最绝望的。

到达军航的专用机场,杰、乐和涛去打听登机事宜,只剩下我守着一堆行李。

我一个人呆呆地坐着,那种想流泪的感觉又来了。

我想旅行的意义也许不在于走过的路和看过的风景,而在于途中遇见的那个人。

可是上天给我安排了如此美好的相遇,却不让我看见那结局。

有人说有情不必终老,只要仍能记得初见时彼此的欢笑。

我做不到。

我害怕从此以后天涯陌路,一别之后相忘于江湖。泥上偶然留指爪,鸿飞哪复计东西。难道我从此就只能生活在回忆里?

英国诗人拜伦在写给已逝情人的诗里,无限凄婉地说:

"If I should meet thee,

after long years.

How should I greet thee?

With silence and tears."

("假使我又见你,

隔着悠长的岁月。

我将如何贺汝?

以沉默,以眼泪。")

置身人声鼎沸的机场,想到昨晚那个长长的拥抱,那么遥远而不真切,简直已如旧梦一般,心中无尽悲凉。我想,多年以后,若是于熙熙攘攘的人群之中再次与他相遇,我们还会是朋友,还可以问候,只是那种温柔,却可能再也找不到拥抱的理由。

有路人用诧异的眼光看着我,这才发现,自己已是满脸泪水。

机场是个具有强烈现实存在感的地方。我清楚地知道过去十几天的几乎与世隔绝的日子已经结束，我已然被拉回现实世界中，不得不开始考虑一些现实的问题。我即将去英国留学，铭基也将返回香港继续上班族的生活，隔着大半个地球，也许此后连再见面都很难，谈感情则更是奢侈的愿望了。

只是，我想，我一定得做点什么。虽然不知道他对我的感觉，可是如果不把自己对他的感情让他知道，我也许会后悔一生。

我决定给铭基发条短信。

那条短信的最后一句是：我非常非常的喜欢你。希望不久可以见面。保重。

记得当时写"非常非常喜欢你"时犹豫了一下，后来觉得"喜欢"可以有很多种意思，就像铭基给我的信里也写"like"一样，应该没关系。因为从来没有主动向男生表示过好感，所以想用一种比较模棱两可的说法。

他的回复很快来了：我也是。

我盯着手机屏幕直发呆。他怎么比我还要模棱两可呢？完全不明白他的意思。"我也是"，"也是"什么呢？是也喜欢我，还是也希望不久可以见面？

想到他对我也许只是普通朋友的情感，我仰起头，大口吸气，硬生生把泪水逼回眼眶里。

带着酸楚难言的心情，我登上离开西藏的飞机。

终于到达成都。这是我第二次来到成都，感觉却好似来到一个全新的世界。"山中方七日，世上已千年"。再也见不到熟悉的寺庙和喇嘛，原始的色彩，荒凉的山脉，喝甜茶的小店，磕长头的信徒，还有成群乞讨的小孩。气温也骤然升高，成都街头的女生们已经是一派夏季的清凉装扮，而我却还穿着铁皮一样的牛仔裤。

买了晚上的火车票前往昆明，剩下的时间就只是在成都市内漫无目的地闲逛。我和杰好像都没有说话的意思，两个人沉默着走在陌生的街头。

看见一家音像店，我想也没想就径直走进去。茫然的目光在一排排CD上扫来扫去。

"后来／我终于学会了／如何去爱／可是你／已经远去／消失在人海／后来／终于在眼泪中明白／有些人／一旦错过就不再……"

小小的店堂里忽然响起了刘若英的《后来》。

我愣在原地，心头像是被人狠狠打了一拳似的抽搐不已。

这是我在拉萨的最后一晚唱的最后一首歌。因为很爱这首歌的歌词，也因为觉得它像是对我自己这份感情的预言。

我是多么害怕，有些人，从此远去消失人海，一旦错过就不再。

在大排的CD架掩护下，我慢慢蹲下身去，大颗的泪水落在手中的唱片封面上，也模糊了我的视线。

在一个商场闲逛的时候，忽然收到黄毛发给我的短信：

"到成都了吗？大家都很想念你呢。"

我回复了他，并在结尾开玩笑似的加上一句话"你叫铭基不要哭哦"。

结果铭基的短信来了：
"谁说我哭了？我很想很想你哦，你怎么样了？"
从这一刻起，我们的"短信时代"开始了。

下午五点多，他发来信息：
"我在大昭寺内，坐着昨天跟你一起坐过的凳，一个人在发呆。"
看到这句话的那一刹那，整个世界忽然寂静无声。
直到这时，我才明白他的心意。
原来他也是喜欢我的。
可是已经太晚了。
一想到这里，又怔怔地落下泪来。

"我今天整天都想你，去的地方都是我们去过的，如果可以，我真的想紧紧再抱你一次。"
这条晚上九点多发来的短信，已经说得很明白了。
爱情悄悄近了，在心里缠绕成河。

之前从未有过这样的经历——分开之后才开始恋爱。且有星火燎原之势，很像那种压抑太久而终于爆发的感情。然而每次想到这段感情的将来，也让我彻底体会到了那种所谓的"甜蜜的痛苦"，满怀绝望的，却还在祈求神迹般的渺茫希望。
将来既然无望，那就把握现在吧——可现在的我们甚至无法见面！
真是剪不断，理还乱。

才下眉头，又上心头。

晚上十点半，我们乘上开往昆明的火车。

半夜两点左右收到黄毛的短信：

"我和铭基在喝酒。就我们两个。他问我现在最想谁，我说没有。他说他很想你。给他打个电话吧，相信我，在火车上可能感觉更好。"

我毫不犹豫地从中铺爬起来，跑到车厢交接处去打电话。

仅仅隔了一天，再次听到他的声音竟有恍若隔世之感。真聊起来也不知说什么才好。只记得他听起来好像很开心，而我一直在傻笑。

5月7日　铭基　拉萨　夜宿八朗学旅馆

在睡梦中收到的短信：

09:49 :"昨天看过你的信之后很难过,告别的时候不敢看你的眼睛,因为我哭了。我非常非常的喜欢你,永远不能忘记你。相信不久就能再见。保持联系。"

看过这个短信后我整个人从床上跳了起来,觉得简直不能相信。什么?！原来她真的喜欢我?那时候,我觉得自己真的是世界上最笨最笨的大笨蛋。对于这个消息,我显得有些不知所措。我实在不知道怎样回复好,难道说"我也喜欢你,有机会来香港找我玩吧"?结果,我只是简洁地回复了一句:"我也是"。

整天都在想这件事,对其他所有事我都心不在焉。早上跟江苏色狼去了西藏博物馆,下午跟他还有黄毛和阿明去了拉萨河边玩。我们在休息时,黄毛对我说傅真叫我不要哭,让我大惑不解。我只好发短信告诉她我很想她。

在太阳岛吃过东西后,我们分头活动。不知不觉地我走到了跟真一起去过的地方。我独自走进玛吉阿米,在真坐过的位置坐下来。我把留言簿翻开,再次写了一封信给真,很希望她以后再去西藏的时候可以看到。

我这一次没有用"喜欢"这种不太确定的词语。因为,现在我可以确定对她的感觉不止是喜欢,而是爱。

到了大昭寺，我一个人再次走过转经道。在二楼，我把我们坐过的椅子拍下来。我在想，难道这一切就只可以是回忆？

我还能做点什么吗？

最后一个晚上在西藏，我跟八朗学的朋友们喝了个痛快。回到房间，我还是对真的事挥之不去，就问黄毛："你现在最想念谁？我现在很想念真。"他听后显得有点惊讶，可能他对我们两个的事还是不太了解吧。谁知过了不久，我就接到真的来电。我实在高兴得不知道跟她说什么好，只有甜蜜蜜的感觉。那夜，我在兴奋状态下入睡。

5月8日 真

"早上好。我现在在候机室,等待十点半往成都的班机。快要离开拉萨了,一个我们相遇的地方,心里有说不出的难受。"

"我在想,回到南京我要马上跑去把胶卷洗出来。很想很想你,看不见你的样子看你的照片也好。"

……

这几天手机成了我最宝贵的东西,连睡觉时都紧紧攥在手里。

而这些甜蜜的短信,真不能相信是出自那么沉默寡言的铭基之手。

我被这些短信折磨着,一时微笑一时落泪。记忆中从未有过这样的情感——那么多的悲悲喜喜,全都因他一人而生。

我喜欢的作家杜拉斯说过,如果有幸福的话,它总是和绝望紧密相连。

5月8日　铭基　拉萨－南京　夜宿金鹰大酒店

我终于要离开西藏了。早上五点钟起来时，四周还是漆黑一片。阿明为了给我送行，也一块起来了。他把我送上出租车后，车子便开往拉萨贡嘎机场。车开了没多久，外面便下起雪来。我非常担心航班会被取消，所以发了个短信告诉半仙。想不到他对此事显得甚为兴奋，仿佛我已经决定留下来似的。

到达贡嘎机场时，阳光普照。机场门口已挤满了乘客。经过繁复的手续和量体温等流程，我到了候机室等候登机。远眺着窗外连绵的山脉，一个人独自在发呆。回想在西藏虽然只有短短十来天，却带来了无限回忆。现在快要离开这片地方了，心里面有说不出的难受。

这是因为真吗？

发了一个短信告诉她我快要离开西藏了，过了不久收到她的回复："不可以忘记我哦，反正我不会忘记你的。"

看罢，带着无奈的心情登上飞机。

下午在成都机场等候转机到南京时，再次收到真的短信："现在车窗外全都是南方典型的风景，青山绿水。好怀念西藏寸草不生的荒山和难看的山羊。"

难看的山羊？看罢不禁会心微笑。

到达南京已经是晚上了。因为"非典"肆虐,公司极为紧张,不让我回原来住的公寓。结果"被逼无奈"地住进了四星级大酒店。跟真通了电话,知道她跟杰已到达昆明了。

5月9日 真

一早坐火车从昆明去大理。

大理自然是山清水秀，风光旖旎。而我却还在兀自怀念西藏寸草不生的山坡和难看的山羊。

在那么特殊的"非典"时期，大理还是对外地游客表现出了泱泱古城的气度。而更热门的风景区如丽江、泸沽湖、西双版纳等则几乎彻底封闭，也不知何时能再重新开放。大理是丽江等地的必经之路。一时间，四面八方的游客齐聚大理，耐心等候丽江等地的解封。

杰的假期已过时限，公司不停地打电话催他回去。可他执意要留下来陪我过完生日才回北京。

我发短信对铭基说，即使杰回去，我也是要留下来等丽江解封的，如果你能来大理和我一起等就好了。

然而其实我也只是说说而已，并没有存丝毫奢望。

5月9日　铭基　南京　夜宿金鹰大酒店

早上醒过来时收到真的短信：

"早上好，我已坐上开往大理的火车。大前天的晚上，我们在天海夜市喝酒。前天晚上，我在热闹的成都街头。昨晚在昆明的露天酒吧听人唱歌。今晚却又将在陌生的大理。四日四城，这人生怎能不叫人感慨万千？"

自从离开西藏后，相逢恨晚的我们每天都以短信紧密联系着。真的很感谢现代科技的发达，带来这种既方便又含蓄的沟通方式。

今天是我在南京的最后一天，决定要好好逛一下。早上先把照片拿去冲洗，然后去了玄武湖。

一个人在湖边散步，脑子里反复闪现着的都是西藏的事情。抬头看看，虽然是同一片天空，这里的天空却比西藏的感觉远多了。发了一个没有意义的短信给真："你觉得我们可以在一起吗？"结果，等了很久都收不到回复。

这件事，让我担心了好久。

最后，我才发现她原来根本没有收到我这个短信，该死的中国联通居然把我这个短信弄丢了。

下午去拿照片了，我对洗出来的照片效果极为满意。当中有一些真的照片，拍得十分漂亮。

那时候，真也到达大理了：

17:34："这里可以住，但是听说丽江什么的都不可以进了。不过这里也不错，要是你在我身边就好了。哪怕只有几天也好。"

17:52："杰大概13号回北京，我打算多住一阵子。你也来吧。"

心里想了又想，我怎么办好？

这时候，刘若英的《后来》仿佛在我耳边响起："……有些人，一旦错过就不再。"

决定了无论如何也要去大理见她一次。

晚上南京的同事给我饯行，大家都觉得我从西藏回来后又瘦又黑了。

5月10日 真

收到铭基的短信：

"我打不通你的电话。我想跟你说，我订了明天下午两点钟深圳到昆明的机票。不管什么情况，我都一定要来找你。我不会像上次那样错失你，不然我会后悔一生。"

我简直不敢相信自己的眼睛。

他疯了吗？他的假期已经结束，刚从南京回到香港，怎么可能再出来旅行？

5月10日　铭基　南京－香港

早上把明天从深圳飞昆明的机票订好,然后启程前往南京机场。把这件事告诉真,她开心得简直不能相信。

下午五点多,飞机降落在香港国际机场。走出机场时,对于这个既熟悉又陌生的城市,显得有点不习惯。在回家的路上,已经接到同事的来电。我让同事试着问一下经理我多请一个星期假可不可以。可是,我得到的回复是绝对不可以。

我的心马上往下一沉。我想,如果到星期一早上经理知道我没来上班,肯定会大发雷霆,说不定还会马上把我辞退。

从这一刻开始,压力从四方八面接踵而来。回家后,我把明天要去大理的计划告诉了家人。妈妈马上问我:"一年前你不是已经去过大理了吗?为什么还要去那边而不上班?"我回答说:"是去过,但是还是想再去一下。"(妈妈对不起,我不是一个听话的孩子。)咨询了两位好朋友,一位表示支持,另一位却十分反对。

对于我的疯狂行为,只有极少数人表示支持。一时间,工作、家人和朋友的压力,把我逼得完全透不过气来。在这一刻,我完全体会到韩剧《蓝色生死恋》中俊熙受到了各方压力而被迫放弃跟恩熙结婚时的心情。

看着手上的机票,内心挣扎了很久:应该放弃,还是坚持?

最后,我还是选择了坚持自己的决定。

5月11日 真

铭基不像是会做出这样疯狂举动的人,然而他真的做了。

从香港到深圳,从深圳飞到昆明,再从昆明坐大巴到大理。十二个小时的旅行,一日四城的故事。

一路上,他不断地发来短信,告诉我还有四公里……二公里……一公里……

直到终于在下关车站见面。

出现在我眼前的他风尘仆仆,却精神奕奕。

在杰面前,我不好意思奔过去拥抱铭基。然而在夜色下久久凝视他的眼睛,一时间百感交集。

几天来盼望了那么多次的这个人,终于出现在我的面前。

没有暴风骤雨般的拥抱,没有什么爱的表白。你微微地笑着,不对我说什么话。可是我却觉得,为了这个,我已经等待很久了。

还记得我们后来去了一家名叫"唐朝"的酒吧。

他在桌下伸出一只手,掌心朝上。

他微笑看着我。

我轻轻把自己的手覆盖上他的手。

终于可以执子之手。

这大约是我们爱情的开始。不记得那个时刻,午夜的钟声是否已然敲响。零点一过,便是我的生日。

过去十几天的点点滴滴，忽然像电影般一幕幕在眼前闪过：

拉孜小浴室外的漫天飞雪。

珠峰下的半碗方便面。

开往直贡梯寺的颠簸路途。

玛吉阿米他温暖的外衣。

大昭寺屋顶的天空。

天海夜市他闪动的眼神。

出租车里泪流满面的我。

长到不能再长的告别拥抱。

……

当然还有八朗学前的第一次见面。

那一刻我们共同站立在宿命无形的掌心中。

像两颗无知而安静的棋子。

5月11日　铭基　香港－深圳－昆明－大理

我拿着背包，再次踏出了家门。

今天可以说是马不停蹄，因为要跑好几千里路。

早上从香港坐火车到深圳，然后坐机场巴士到了深圳机场。经过两个小时的飞行，飞机抵达了昆明机场。

因为"非典"的关系，整个城市弥漫着一片紧张的气氛，昆明到大理的航班已经全部被取消。

我马上从机场打车到长途汽车站。司机说因为"非典"的关系，昆明去大理的长途汽车班次比以前少多了，这让我非常担心。

我实在不敢张扬自己是香港人的身份，怕马上会被人关起来隔离。下车后，我飞奔到售票处。我不能浪费每一分每一秒，因为我一定要在今天晚上十二点以前赶到大理，及时为真庆祝生日。

下午五点半，我登上了开往大理的长途汽车。在车上，我不断地注意着公路上的路牌，然后发短信给真告诉她我还有多少公里路程才到。那三百多公里的路途，仿佛跑了一个世纪。我在期待着，想象我们再次见面的时候会是什么样。

晚上十点多我终于到达了大理。真和杰已经在车站等我。因为杰在的关系，我们显得有点拘谨，见面时并没有拥抱。

我们去了一家叫"唐朝"的酒吧，里面正放着许巍的《漫步》。今晚我跟真是靠着坐的，杰坐在对面。

半杯酒下肚，我壮着胆子在桌底把手伸了出来，掌心朝上，等待着她的回应。

这是我们第一次十指紧扣。

到了凌晨十二点,我为真送上了第二份生日礼物——旋转木马音乐盒。那一夜,我们把在西藏的每一个细节都重温了一遍。从相识,相知,相爱聊到最后分开,有说不完的话。

大理篇

> 他在桌下伸出一只手,掌心朝上。
> 他微笑看着我。
> 我轻轻把自己的手覆盖上他的手。
> 终于可以执子之手。

真

我们三个人在大理庆祝了我的生日。我不知道杰是否已经看出我和铭基的感情,但是三个人之间的气氛的确有些微妙。

生日过后的第二天,杰必须回北京上班了。我和铭基一起送他到车站。回来的路上,我俩相视而笑,十指相缠。

属于我们两个人的生活至此才正式开始。

如果人生可以重来,我愿意选择几个片段反复生活。

在大理度过的七天无疑在我的这一选择之内。那真是平静美好的,如同神仙眷侣般的生活。

美丽的小城到处洒满明亮灿烂的阳光。这里几乎有你所能想象的最美好的一切——蔚蓝的天空,如画的风景,友善的人们,美味的食物。

我们住在一家叫做"榆安园"的旅店,旅店门口是两个头戴斗笠、模样怪趣的木头狮子,花园里开满大蓬的绣球花,竹楼上挂着灯笼,风情万种。

每天睡到下午才起床，然后去"海船屋"吃饭。"海船屋"是一个画家开的小餐厅，里面的一桌一椅都由老板亲手制作。甚至连烟灰缸，插花的陶瓶这些小东西都充满心思。地方虽小，却洋溢着浓浓的艺术气息，别具一格。菜肴则是老板娘的精心之作，清淡可口。不用招呼客人的时候，可以看到理着平头的老板在餐厅的一角画画或是做雕刻。

老板看起来像是从大都市逃遁到这小城的现代隐士，布衣粗茶，却掩不住一身傲骨。老板娘则是地道的大理本地女子，脂粉不施，温良贤淑。他们之间似乎交谈不多，四目相接时，眼神却有无限温存。

天地辽阔相爱多难得，都是有故事的人才听懂心里的歌。

我们在大理的那几天，几乎每天都去"海船屋"吃午饭。后来和老板熟了，甚至会突发奇想向他借个花瓶回去插花，他也乐呵呵地毫不犹豫地借给我们。而我们每次买了花经过时，也会特地跑进去分给他们几枝百合。

每天晚上，我和铭基一定会找个地方喝上一杯，各自聊聊自己的往事。彼此之间似乎有说不完的话，我第一次发现原来铭基也是可以如此健谈的。

在此前的人生中，我遇见的男生大多是那种在生活和事业上都野心勃勃的类型，用社会主流眼光看来或许是"上进"和"胸怀大志"的大好青年的代表。而我却一直不大喜欢这样的人，觉得他们言语浮夸而行为又相对幼稚。但是铭基却给了我巨大的惊喜。随着彼此了解的深入，我越来越发现他是个心地纯良而淡泊自持的人，看见美好的事物会默默欣赏，而且和我一样喜欢观察生活中的小细节。没有大的野心，亦不愤世嫉俗，内心十分清醒，看事物时却带着点孩童般清新的眼光。他的心中保留着一片自己的小小天地，其间自有真性情在，任它外间风雨琳琅。

和他在一起的感觉是从未有过的舒服和无拘无束。我喜欢他沉默不语的样子,喜欢他温暖明亮的眼神。走在路上时,我看着他侧脸的轮廓,不止一次地想:我终于找到了那个从村上春树小说中走出来的男生。

那是一段散步时走几步也会停下来亲吻的日子。热恋中的我们根本无暇多想以后的事情,只知道珍惜当前的每分每秒。

直到短暂的七天一闪而逝,铭基"假期"结束,必须回香港。

而我则决定继续留下来,等待丽江等地的解封。

铭基走的那天,一直晴朗的大理少见地下起了倾盆大雨。在车站送别他之后,我一个人撑着伞沿着古城的青石板道慢慢走回旅店,路边白墙上"大理古城欢迎您"的七个黑字显得那么触目惊心。短短一条路却好像走了一个世纪,脸上湿漉漉的,分不清是雨水还是泪水。

那场雨一连下了好几天,我也浑浑噩噩地过了好几天。洋人街、海船屋,唐朝酒吧,卖百合的老妇人,一切都还是老样子,只是身边少了那个人。有时我简直怀疑,过去的七天是否只是我一厢情愿的一个梦而已。

不怎么想出门,索性从书店买了好些书窝在旅店看。在以前,阅读于我而言是治疗失落心情的最好药方。而这一回,当那一堆书在短短几天内全都看完的时候,我从书本中茫然地抬起头来,发觉内心的那个巨大黑洞不但没有填满,反倒越陷越深。

我知道那是思念的感觉。我从未如此强烈地思念着一个人,那种酸涩的感觉如潮水般汹涌而来,深入骨髓,填满了生活里的每一个空隙。

没有你在,大理在我的眼中变成了一座空城。

我决定弃城而逃。

铭基

　　5月12日是真的生日。因为杰还在的原因,我们并没有把感情曝光。我们真的不想在感情上对他再施加任何的伤害。现在跟她的距离那么近,感觉却又是那么远,让我非常难过。所以,虽然近在咫尺,我还是不断地发短信告诉她我很想她。但是,两个男生加一女生,确实是一个非常尴尬的组合。真的生日就在这种尴尬的气氛下度过了。

　　我们白天去了洱海划船,晚上去了一家叫汉城的韩国菜馆吃饭庆祝。

　　第二天早上,杰要回去了,而我和真的二人世界在那一刻才真真正正地开始。

　　大理是我再次踏足的地方,但是这一次给我的感觉却完全不同。因为"非典"的关系,这里没有游人的喧闹,只有蔚蓝的天空和清新的空气。当然,你最喜欢的人在身边时,世界会变得更美丽,一切都会变得更可爱。

　　我们搬去了一家叫"榆安园"的旅馆。旅馆在城里自成一角,有着一个不大不小的花园,环境非常清幽。

　　就这样,我们过着我们的"蜜月期"。每天牵着手在城里散步,在路上拍照,买百合花回房间插在借回来的花瓶上,饿了去"海船屋"吃饭,累了去"懒人书吧"看书,下雨了去"唐朝"避雨、喝咖啡、互相写明信片寄给对方。我们一边翻开相册,一边把在西藏相知相爱的经过重温再重温。

当然，少不了的是每天早上我都打电话回公司请"病假"。

对真的真正了解，可以说是从大理才开始。在西藏，我一直觉得她是一个很酷的人，非常有个性且独立。但是慢慢地发现，其实她也有很可爱、很调皮、笨手笨脚、需要人照顾的一面。看起来吊儿郎当的她，原来是名校高材生。她对文学和艺术的喜爱程度和认知，是我所认识的人中之最。她所看过的书加起来，数目可能跟我没有看过的差不多。每对她加深一丝了解，就好像打开一个欢乐罐头一样，每天都有新的惊喜。

我常常在想，一个那么平凡的我，怎么会得到她的喜爱。

5月18日，我的悠长假期终于要结束了。因为真还想去丽江，所以会一个人在大理等到那边解封。

我坐在回昆明的车上，不断地回忆着这一个星期发生的事情。我突然想起来，有一天她跟我说："遇见了我以后，你的人生就会从此改变。"

我的人生真的会从此改变吗？

到达昆明的时候，送机票来的人已经在等我，还把我送到机场去。坐上他的摩托车后座前往昆明机场，觉得有一种奇妙的感觉。

深圳篇

当他张开双臂拥抱我时,一切又都回到了最初。
在他温暖的怀抱里,我觉得两情即便是长久时,我也还是想要朝朝暮暮。

真

在昆明和大学的学妹匆匆见了一面之后,我飞到广州,再换火车来到深圳。

一路奔波,只因为听从了自己内心深处的那个声音。

因为"非典"的原因,香港暂时去不了。而我只想待在一个离他最近的地方。

自己也觉得太过疯狂,可那时什么也顾不得了。脑子里只有一个念头,就是"我一定要见到他"。

上次是他飞来找我,这次轮到我飞去找他。

在深圳见到他的时候,虽然仅仅相隔几天,感觉上却已经分开了很久很久。

这是我第一次看到衬衫西裤,一派上班族模样的铭基,感觉上和在西藏大理时候的他迥然不同。然而当他张开双臂拥抱我时,一切又都回到了最初。在他温暖的怀抱里,我觉得两情即便是长久时,我也还是想要朝朝暮暮。

那段日子里,铭基每天下班后都从香港赶来深圳,第二天一早又赶回香港。一来一去,每天要花去近四个小时的交通时间。真的是异常辛苦。而我则每天无所事事,似乎唯一的生存目的就是等待他的到来。深圳并不是我喜欢的城市,我第一次在一个不喜欢的城市里住上那么久,完全是因为爱情。

其间我们还和在深圳工作的乐和滔见了面。我曾经以为,在西藏遇见的人和事,都是漫漫人生路上的短暂缘分,可一不可再,可遇不可求。然而西藏一别之后,没想到这么快大家又能再次见面。看到我和铭基在一起,乐十分惊讶,直说没想到。滔却一直微笑,颇有点"我早就看出来了"似的意味深长。

我在深圳整整待了十七天,直到接到大学班主任的那个电话。

当初翻墙逃离大学校园,可以说是擅自出逃,因为事先完全没有告知校方。又由于我"出走"当天学校即实行封校管制,因此离开的学生未经允许不能返回学校。

随着"非典"逐步得到控制,我们毕业班的学生又面临毕业前的种种琐碎事务,学校决定提前放流落在外的我们回校。好心的班主任就是特地打电话来告诉我这个消息的。

浪迹天涯的生活至此告一段落。这回我是非走不可了。

在深圳宝安机场,我和铭基再次面临分别。从认识以来,我们就是在不断的见面和告别中度过。我的心情有些苦涩。虽然铭基承诺说不久以后一定会去北京看我。然而我八月就要去英国留学,也不知还能相见几次。

距离,的确是爱情故事中永恒的难题。

铭基

回到香港了,仿佛一切都回归平静。

上班,下班,回家,一如往常。

收到真的电邮:

"刚才接到你的电话以后我就马上跑出来上网了。还好,没什么人跟我抢电脑用。今天下了一天的雨,心情也湿漉漉的。按照张爱玲的话来说,整个人都要变成一首词了。有你在身边的日子,有雨恐怕也是很幸福的吧。然而又是只有我一个人在这个小小的古城之中,被什么压迫的感觉分外的强烈。很想逃出去,所以毫不犹豫地买了明天的车票。"

她买了车票去昆明,打算去跟那边的学妹见面。离开昆明之后她去了广州,最后的目的地是深圳。虽然她很想来香港跟我见面,但是因为"非典"的原因现在几乎是不可能的。

深圳是一个跟我们完全不相关的城市。可是她真的来了,完全是为了跟我见面。想不到相隔不到一个星期,我们又重聚了。要是选"最义无反顾追求爱情的人"的话,我俩肯定当之无愧。

就这样,我又离家出走了。我跟家里说公司派我到深圳办公室上班,而且还要暂时住在那边。事实上,我是每天早上从深圳到香港上班,下班后就马上赶回去,一去一回加起来差不多要三个多小时。当然,很多香港人每天也是这样穿梭两地的,我也不得不佩服他们。

因为深圳不是以旅游为主的城市,所以我们也没有去什么地方玩,只是跟深圳的朋友去了一趟欢乐谷。凑巧乐和滔也在深圳（想不到西藏认识的朋友都往深圳跑！），所以跟他们吃了一顿晚饭。当他们看见我们俩时，显得有点意外。看来，是因为真和杰的"情侣形象"太深入民心，我的出现显然让大家觉得赛果有点大热倒灶。

有一天晚上，我们还多了两位特别来宾——黄毛和深圳大姐。我们去了一家带有西藏主题的酒吧，名为扎西德勒（藏语，意为吉祥如意）。那天晚上，我们的话题还是离不开西藏和八朗学。看来，西藏已经成了我们人生中的一个重要部分。我一时感触，发了几条短信给阿明，告诉他要是他也能来就好了。他是我最想感谢的人。

十七天后，真要回北京了。在机场送别时，我承诺一定会去北京看她。在这一个月内，我们第三次面临离别。当我再次认为一切都会回归平静时，在那边厢命运之神已经悄悄地为我做好打算。

北京篇

> 北京城的夜色清凉如水，铺天盖地。
> 四野悄悄，一灯如寐，而脉脉相守之情，与夜同深。

真

一别四十天，一切恍如隔世。

北京城内仍然是永恒不变的灰色天空。大街上人声鼎沸车水马龙。那场夺去了无数个生命的"非典"，好似从来也未曾发生过。

背着落满灰尘的背囊，带着高原阳光的痕迹和满腹的心事，我再次站在了学校的大门前。

回到久违的宿舍，一张黑白明信片静静躺在我的床上。

这么眼熟——

我想起来了，在大理的时候，我和铭基曾经互写明信片寄给对方。但是对方写了些什么，我们彼此都不知道。

我连背包都还未放下，就站在那里迫不及待地看了起来。

一抬头，发现宿舍姐妹们的目光全都齐刷刷地投向我，每个人的嘴角都挂着一抹意味深长的笑容。

我的脸顷刻间变得滚烫——明信片是不用信封的，这些家伙肯定全都已经传阅过了……

随着一声声"老实交代"的"号令",我只得将过去四十天发生的事情,一五一十,和盘托出。

这是个毕业的季节,连空气中都充满了离别的味道。即将离开大学校园的我们对这片生活了四年的地方充满了留恋和不舍。淡淡的忧伤四处飘荡,眼睁睁看着青春散场。小花园里散落了一地的酒瓶,男生们在女生宿舍楼下唱了一夜又一夜的歌。我和我的同学们一样,开始夜夜买醉,每天睡到日上三竿才起床。傍晚的时候,我常常独自走在校园的林荫道上,看着与往日一样熙熙攘攘的人群,总会有种想哭的冲动——在这里度过的四年是我人生中最美好的岁月,我是如此深爱着我的大学。没想到在就要离开这里的时候,我竟还能拥有一段这样奋不顾身的爱情。虽然美丽浪漫得几乎不真实,可是却也看不到任何光明的前景。

对爱情前景的担忧并没有维持多久,因为铭基再次来到了我的身边。我们自认识以来那么频繁地飞行,航空公司绝对应该给我们优惠。在机场等他的时候,兴奋之情无以名状。
他出来后一把抱住我,周围的人都笑眯眯地看着我们。

北京是我热爱的城市。短短的四天,我带他去了很多我平时最爱去的地方,品尝了很多我喜欢的美食。
雕刻时光咖啡店的蛋汁培根面和芝士蛋糕,五道口的韩国菜和日本菜,后海美轮美奂的越南菜馆,还有我极喜欢却令他退避三舍的超辣水煮鱼。

我甚至带他去了我的大学。因为大学还是处于封校阶段，控制人员出入，我们于是用了那种最原始的方式——翻墙。

我想这是铭基第一次如此近距离地接触到内地大学生的日常生活。他和我的同学们一起坐在草地上吃西瓜，玩杀人游戏。他很合群，玩得十分开心，大家也都很喜欢他。

北京城的夜色清凉如水，铺天盖地。四野悄悄，一灯如寐，而脉脉相守之情，与夜同深。

然而短短四天的时间犹如白驹过隙。
似乎只是一眨眼的工夫，我们又站在了机场大厅里。
这一次，连我都已经习惯了离别。
我没有哭，但是随着去英国的日期一天天地逼近，心情始终无法轻松。

铭基回香港之后，我又开始慢慢习惯每天深夜等待他电话的日子。
每次都能聊上很久很久。真不知怎么会有那么多的话题。
有一天，通完电话，我上床睡觉，过一会儿电话铃又响了。
还是他的声音：
"可以跟你聊一下吗？"
我很诧异，刚刚不是才聊完吗？
怕吵醒室友，我把电话拿到外面走廊。
他继而告诉我的一番话，让我简直不敢相信自己的耳朵。

他的公司不久前突然有可以去英国工作的机会,他立刻报名,已经得到批准。工作许可证一拿到,不久便可以成行。

　　深夜寂静的长长走廊上,我愣在那里,在电话的另一头久久无法言语。

　　我怎么也没想到会有这样的好运气。多日来的愁云惨雾忽然全部一扫而光。

　　我开始相信冥冥之中确实有一种叫做"宿命"的东西。

　　抑或是喜马拉雅的山神一直在暗中庇佑?

铭基

从深圳回来后的第三天，我们的部门总监唐先生突然从房间里跑出来大声说："谁有兴趣去英国工作？想去的赶快把简历准备好交给我。"

当我还在南京时，已经听说过公司有机会可以去英国工作，而有一批同事已经早在三月份就去英国了。在深圳时，真也问过我公司会不会有机会可以去英国，我只好说这样的机会是很难再有的。

原来，有一些机会是可一也可再的。

我毫不犹豫地申请了。

过了几天，英国公司方面表示对我的简历非常感兴趣，令我喜出望外。为避免希望越大失望越大，我决定把我的期望值先降至最低，跟真只字不提此事。

6月20至23日，我再次没有理会家人的劝阻，在"非典"还是高峰期时去了北京跟真见面。妈妈知道阻止不了我，只好又为我准备了很多口罩，并一而再再而三地叮嘱我时时刻刻都要戴着。

到达北京国际机场时，真已经在机场外面的出口等我。（因为"非典"的关系，接机或送机的人是不能进机场里面的。）她不断地在外面向我招手，傻乎乎的我却在里面左顾右盼，找不到出口。当出来看见她时，我马上把她拥入怀里。

旁边的人笑了，我和她也笑了。

因为这是一个重逢的拥抱，跟我们在八朗学门口时那个离别的拥抱，心情截然不同。

在北京她带我去了很多她喜欢的地方——最爱的母校，最爱的咖啡馆，最爱的韩国菜馆，最爱的越南菜馆，最爱的故宫等等。她恨不得带我把北京每一个角落都转遍。

因为"非典"的关系，学校进行封闭式管理。学生如果没有充分的理由，是不可以外出的。外面的人没有事先得到批准，也不可以进学校。可是，上有政策，下有对策。虽然不可以从正门走，但是学生们都有一记绝招——翻墙。我也学会了这记绝招，"翻"进了她的学校。她把同学逐一介绍给我认识，我们一起聊天，吃西瓜，玩"杀人游戏"。已经毕业多年的我，顿时有种回到大学时代的感觉。

在北京的盛夏中，我们又度过了一个愉快的周末。

回到香港后的第一天，得知英国公司方面已经批准了我的申请，并开始为我办理工作证。

我原来打算是等工作证办下来才告诉真，结果被同事Joanna痛骂了一顿。她觉得我应该把消息告诉她，无论结果如何都应该一起分享和承担。

思前想后，觉得 Joanna 说得没错，所以有一天晚上我终于把快要去英国工作的事情告诉了真。

事情理想得令她难以置信。

也难怪，连我也觉得好像活在梦中。

香港篇

站在我眼前的这个人就像个魔术师，
似乎永远能变出令我眼花缭乱的无限惊喜。
而我当然也清楚地看见，隐藏在这种种惊喜之后的，
是他心中如海水一样深沉宽广的爱意。
和珠峰脚下那半碗方便面一样，简单纯粹，却直指人心。

真

毕业典礼结束后，我回到家中。

妈妈开始催促我打点去英国的行装。

我的心却飘去了千里之外的香港。

早在北京的时候，我就已经把我和铭基的故事告诉了父母，并请求他们准许我暑假去香港一行。

开通的父母立即同意了我的要求。

老爸要去澳大利亚出差，正好途经香港。他要求一定要见见铭基。

于是我和老爸一同成行。

在香港街道的匆匆人流中，隔着斑马线，我和老爸看见背着书包、满头大汗向我们跑来的铭基。

"简直像个高中生嘛……"老爸远远地看着他，喃喃自语。

我们三个人一起在佐敦道吃了一顿饭。铭基大概是有点害羞，一直表现得很安静，只是一个劲地替我和老爸倒茶。老爸是第一次见我的男朋友，努力想表现出长辈的和蔼，但也有点不知聊些什么才好的尴尬。我坐在两个人中间，搜肠刮肚地寻找话题。忽然觉得自己像个漫画人物，直想哈哈大笑。

和老爸告别后，我又在香港待了六天。

这是我第二次到香港。第一次是高中时和一帮同学"夏令营"似的走马观花。这一次却换了角度，因为这儿是男朋友的故乡。

旺角的拥挤，尖沙咀的繁华，赤柱的浪漫，西贡的热情……一切显得那样熟悉而又新鲜。

我渐渐发现铭基的另一个特质——他是那种无论在什么地方都能轻松融入当地环境，都能与背景合拍的人。在西藏的他脸也不洗胡子也不刮，一件冲锋衣一条牛仔裤走天下；在大理的他笑容和煦，一身云淡风轻；在深圳的他是衬衫笔挺，偶有倦容的上班族；在北京的他像个朝气蓬勃的大学生；而在香港的他则是个地道的"土著"。他领着我游刃有余地在香港的闹市陋巷中穿行，轻轻松松地把我带到那些神奇的地方——隐藏在旺角后巷的越南菜馆，摩罗街的古玩店，《玻璃之城》中黎明和舒淇一吻定情的港大钟楼，西贡的小船和沙滩，流浮山的许愿树，赤柱海滨的西班牙餐厅……他甚至亲自下厨，用熟练的手势三下五除二地做好一顿丰盛美味的晚餐。站在我眼前的这个人就像个魔术师，似乎永远能变出令我眼花缭乱的无限惊喜。

而我当然也清楚地看见，隐藏在这种种惊喜之后的，是他心中如海水一样深沉宽广的爱意。和珠峰脚下那半碗方便面一样,简单纯粹,却直指人心。

不知不觉中,又到了说再见的时刻。

这一次却没有了沉重和迷惘,有的只是对英国重逢的热切期待。

铭基

七月的香港，盛夏的香港，只有我和她的香港。

香港是我长大的地方，我想把这里最漂亮、最美好的一面都展示给她看。

其中我还有一个重要任务，就是要跟她爸爸见面，因为她爸爸碰巧经过香港去澳大利亚出差。

见面时没有预期的紧张，可是我说的话还是不多。后来听真说，她爸爸对我的印象还不错，我才放下了心头大石。

跟她爸爸告别后，我们开始了香港的奇妙之旅。

从中环开始，我们沿着扶手电梯往半山上走，经过SOHO到了荷里活道。我们来到了我的母校——香港大学。那时候已经是暑假了，学校里没几个学生，我们可以肆意地走在本部大楼的走廊上。我们边走边拍照，我还跟真说了不少关于港大的趣事和传统。在电影《玻璃之城》中，黎明和舒淇就在这里一吻定情的。虽然我们不是什么大明星，但还是在这里当了一天主角，演出的是我们自己的故事。

在港大，我们去纽鲁诗楼看了她最仰慕的（也是我最嗤之以鼻的）建筑系，还去了中山阶和开心公园等。虽然考试季节已过，但壁报板上还是贴满了学生们写的"劲过挥春"。（"劲过"——港大俗语，又称"Super Pass"，即考试分数比合格高很多，成绩非常优秀的意思。）

入夜后，我们去了富有异国情调的赤柱，在美利楼的一家西班牙餐厅吃晚饭。在海风吹拂下，乐队拿着西班牙古典吉他为我们送上了一曲

《Melody Fair》（电影《两小无猜》的主题曲），看起来我们就像两个小朋友一样。这个晚上，海风，浪声，吉他声，歌声，Sangria（西班牙甜酒），鹅肝酱，配合得完美无瑕，我们度过了一个浪漫的晚上。

香港的夏天是非常非常热的，幸运的是有一个地方叫"许留山"，成为了我们的避暑胜地，那里的芒果西米捞更是真的至爱。

还有一个"许"，就是林村许愿树了。林村位于新界，村里面有两棵大榕树。相传只要把你的姓名及愿望写在系上橘子的"宝碟"上，然后诚心向树许愿后将宝碟抛上树干，挂住了便代表愿望可成真。宝碟挂的地方越高，愿望便越灵验。我第一次就把宝碟挂上了很高的树枝，而真就花了一点时间。我许的愿望是希望真可以永远幸福快乐。看来，我们真的要感谢林村月老。

我们还去了很多其他地方，例如兰桂坊，海防博物馆，西贡半月湾，流浮山等等。真非常开心，因为在香港吃了不少美食。当然，少不了的还有我亲自下厨。

时光飞逝，真的香港之旅很快结束。我们再次分别，但是大家已经准备好在英国再度重逢。

不久后便得到通知，英国的工作证已经办理好，可以在那边工作一年，刚好那时候真也应该拿到硕士学位。

上天真是对我不薄。

英国篇

无论是求之而不得的百般辗转,
还是执子之手终成眷属的无限喜悦,
那些都是很好很好的。
可是那最好的,其实才刚刚开始。

真

隔着八个小时的时差,这是一个纬度与我国的黑龙江省相当的国度。

他的眼神和微笑都已远在地球的另一端。

我却开始一天天地倒数。离铭基来英国的日子,一天天近了。

8月31日的清晨,我站在伦敦希斯罗机场的大厅里。

人群中,我一眼就看见了他。

经过十几个小时的飞行,他看起来又困又累。脸色黯淡,下巴上也多了一圈新长出来的胡茬。

可是他的眼神,却像潮水一样覆没了我。

我满心欢喜,百感交集。

记得铭基在大理写给我的明信片上说:"Trust me. We can be together, no matter how difficult the road will be."("相信我。

无论前路多么艰难,我们一定可以在一起。")

他真的做到了。

又想起储安平的那首诗:

"两片落叶,终于飘在一起。"

经过四个多月的兜兜转转,颠沛流离,绕过大半个地球,我们终于走到了一起。

再也不会被离别的梦魇所惊醒,再也不必忍受"再见不知是何时"的相思之苦。

铭基工作的地方是英格兰西南部的海滨城市。那里阳光充沛,海水蔚蓝,只是离我所在的城市有四个小时的火车距离。为了省下半个小时的行路时间,铭基买了一辆二手车,开始每个周末往来于两座城市之间。

对于铭基来说,频繁的夜路行车,异地往来,那真是异常辛苦的一年。而于我而言,每一天都在期待周末重逢的喜悦中度过,所有的等待都充满了意义。我那些来自法国、希腊和印度的舍友们都已习惯了铭基这个"宿舍编外人员"的存在,并常常戏称我俩为"爱情仍存在于这人世间的最好证据"。

那是 2004 年 5 月的一个平凡得不能再平凡的周六。如同每一个周末一样,铭基又开车开到我的城市。

可是那又注定是一个令我永生难忘的日子。在那个夜晚,毫无征兆的,铭基忽然对我说:

"我们结婚吧。"

我愣住了。

自从和他交往以来,不是没考虑过将来的打算。我自是希望可以永远牵他的手,然而以我当时刚刚二十出头的年纪,对"结婚"两个字的感觉却还是非常遥远。

我有点迷惑地问他:"你是认真的吗?"

"是。"他看着我的眼睛,表情也变得十分严肃。

"你这样算是求婚么?"

"算是吧……"他忽然有点不好意思起来。

那天晚上,我在黑暗中辗转反侧,整夜无法入睡。我不知道女生在被问到这个也许是人生中最重要的问题时,是否和我一样,在脑海中如电影回放般闪过一幕幕从相识到如今的画面。

这绝对是个不按牌理出牌的男生。外表温和如水的他,其实是个疯狂的战士,在这个高速运转的世界里,奋不顾身地保卫最美好的爱情。自从他出现在我的生命里,我的人生之路便开始出现无数的转角和迷雾。然而转角之后是惊喜,迷雾散尽见坦途。

我看着身边的铭基,觉得可以把未来交付他的手中。

那简直像是一场两个没长大的孩子的婚礼。2004年的6月12日,我们在伯明翰市的婚姻注册处举办了一个简单的仪式。我们两个都是最最害怕繁文缛节的那种人,对于规模宏大的仪式总有种本能的抗拒。这个婚礼没有家长参加,没有红毯鲜花,没有钻戒婚纱。我们自己却洋洋得意,十分满足。

铭基穿着普通的黑色西装,我穿着简单的浅色裙子,参加仪式的全是来自世界各国的好朋友。在微笑的众人面前,我们交换戒指,说"Yes, I do"。

在婚礼仪式的宣誓环节中,不止一次地用到了"永远"和"长久"这样的词。

永远到底有多远?长久又究竟有多久?即便是涉世未深的我,也从来没有奢望过海枯石烂和天长地久。可是就在这一刻,当你的手牵着我的手,当你的眼望进我的眼,我真的相信你的诺言,相信你的指环,相信你将为我带来的永远和长久。

毕业后,我和铭基搬到伦敦居住。铭基换了新公司,打算在英国继续工作几年。而我也在经历了一段颇为坎坷的求职经历后,终于找到了一份十分理想的工作。

伦敦是我们俩都非常喜欢的城市。我们在这里筑起了自己的第一个小家。身份转变,工作很忙,幸运的是我们彼此之间的感觉还是一如往昔。闲时读书,看电影,听歌剧,观画展,每逢假期便出门旅行。伦敦城内天阔云低,浓浓的尽是诗意,我们只觉世间安详而岁月静好,婚后的生活正是"赌书消得泼茶香"般的余韵悠长。

老爸在婚礼前写给我的一封信中说:"爱情是文学的永恒主题,我在大学里教了这么多年文学,不知道对人讲述过多少爱情故事,但是像你们这样浪漫的爱情故事，文学世界中还属凤毛麟角，更不用说在现实世界之中。两名来自不同文化背景的青年男女，在珠穆朗玛峰下萍水相逢一见钟情，最后克服天各一方的种种阻隔，来到伦敦城里喜结连理。这个故事太富于传奇色彩，如果不是发生在自己的女儿身上，我一定会把它当成是莎士比亚时代的某个戏剧故事……"

老爸是个文学教授，他的说法自然有些夸张和戏剧化。

然而，正如每个人都觉得自己的爱情故事最为动人一样，我们也不例外。

常常一起回忆在西藏和大理的点点滴滴，其味无穷。最初的激情虽已渐渐沉淀，细水长流的安稳与幸福却更有一番天地清明的真实与美好。

小时候看童话，男女主角历经种种考验，终于结成连理之后，故事就结束了。结尾的那一句通常是："王子和公主从此过着幸福的生活。"

童年的我困惑地想，幸福的生活原来就是没有故事的生活啊。

如今的我却终于明白，之前的林林总总，无论是求之而不得的百般辗转，还是执子之手终成眷属的无限喜悦，那些都是很好很好的。

可是那最好的，其实才刚刚开始。

故事到了这里，却还没有结束。

婚后的第一个冬天，我第一次带铭基回南昌去见家乡父老。

因为父母都在大学工作，我的家就在大学校园里。

当我们乘坐的车越来越接近学校的大门时，铭基的表情也变得越来越奇怪。

"我好像来过这里……"

铭基喃喃地说。

我转头看他,他的脸上一副梦游般的神情。

车沿着校门口的雕像和花坛绕了半个圈,径直向东区的湖边开去。

"我来过这里……"

他的声音因为激动而有点颤抖,整张脸都亮了起来。

这是他带给我的又一个几乎不可思议的惊奇。

他真的来过我家所在的大学校园,早在七年前。

铭基当时刚刚进入港大不久,就参加了香港大学国事学会组织的"赣浙民情考察交流团",在江西和浙江两地进行学生交流活动。

当年的他,就曾经住在眼前这所我出生长大的大学里。

更巧的是,我的老爸,当年就是接待他们这一批香港学生的负责人。

老爸仍然记得他们穿着厚厚的羽绒服,背囊散落一地的情形。而没想到的是,在这一群天真烂漫的港大学生中,有一个会成为他多年以后的女婿。

我和铭基在校园里四处游荡。他居然仍记得那些他曾走过的路,去过的地方。他指给我看他当年住过的招待所,参观过的防空洞,他曾经好奇地探头进去张望的音乐系琴房。

而更有可能的,是他也许曾在校园的林荫道上,湖边的小竹林里,校门口的小吃摊前——

与当时还是高中生的我擦肩而过。

你便是那曾经路过我的，最熟悉的陌生人。

如果当时有那预知未来的神仙，在我们擦身而过的那一瞬间，大声喊停，并告诉我们"这就是你未来的伴侣"，年少的我们一定会马上回头，惊疑地打量对方，然后认定是个恶作剧，一起哈哈大笑。

铭基转过头来看我："难怪我在西藏第一次见你就觉得似曾相识……"
我既惊且喜："真的吗？"
"假的。"
"说谎不是好孩子……"
"……真的。"

往事像另一颗心脏在我体内跳动。时空错位，世界变小了。我们从这里出发，一个向左，一个向右，走了这么远，最终又回到了原点。八千里路云和月，任它人世间沧桑如海，也不过是上苍早已预期过的红尘记忆。

古希腊人相信每一个人都有自己的保护神，只有找到自己的保护神并循着他的光芒才能找到属于自己的人生之路。然而现实中的我们毕竟不是生活在古希腊人的神话之中。在这无尽的暗夜里，只有我们自己的一颗心，才能为我们点亮一盏烛光。烛光中最温柔的那抹蓝色便是我们对于爱情的信仰。这信仰在黑暗中照亮彼此的脸庞，我们长久地对视，你目光温存，我湿了眼眶。那件疯狂的小事叫做爱情，我们沉溺其中，日复一日，水远山长。

铭基

  8月31日早上5点30分，我乘坐的维珍航空VS201抵达英国伦敦希斯罗机场。真已经在外面，就好像以前的每一次一样在等我。

  我上班的地方在英国西南面的一个海滨城市，叫普利茅斯。从伦敦坐大巴到那边需要五个半小时。真留学的地方在中部的伯明翰。从普利茅斯坐火车到伯明翰，需要四个小时。

  虽然我们在同一个国家，但还是分居两地。

  跟很多分隔两地的情侣一样，我们主要是通过电话联系。还好英国的工作不是很忙，我几乎每个周末都可以去伯明翰跟她见面。可是，英国的火车票实在是贵得让人心疼，所以有时候我也逼于无奈要去坐大巴，这样一坐就是五个半小时。虽然这样舟车劳顿是挺辛苦的，但每次见到她的时候就觉得全都值得。对于离别和重聚，我们好像已经有了抗体一样，承受能力比别人都强。

  三个月后，为了方便来往两地，我购买了一辆二手车。虽然车是比较老，但是车况还不错。每个星期五和星期天的晚上，我驾驶着它，在漆黑的高速公路上以每小时一百多公里的速度狂奔。

  往后的日子虽然比以前过得平淡，但是却比以前还要幸福。

  时光荏苒，转眼间我们已经在英国度过了大半年的光景。

  四月份的某一个星期天晚上，我跟真告别后，驾驶着车开上回家的高速公路。因为那个周末我还去了一趟诺丁汉看朋友,所以觉得有点疲倦。我尝试着把音乐声调到最大,然后把窗户尽量打开,让自己保持清醒。路程跑了到一半时,我停下来休息,喝了一杯咖啡,然后继续上路。因为已经是深夜时分,公路上的车寥寥可数,很多时候只有我一个人在风驰电掣。我看了一下车上的时钟,已经是凌晨一点多。路牌显示着到普利茅斯还有十五英里,大概不到十五分钟的车程。寒风扑面而来,我打了一个喷嚏,下意识地把窗户关上。我感觉到很暖和,很舒服,很舒服,然后慢慢地闭上的眼睛……

轰轰轰轰轰轰……

我马上惊醒过来,但是这时候车子已经偏离主道,跑到路边的土坡上。我好像骑着一匹野马在高速地颠簸着,小脑替我作出了反应,马上紧急刹车和转动方向盘。轮胎跟地面不断地摩擦着,一直到车子转动了一百八十度,刚好停在三线车道的中央。

长达一分多钟,我脑袋一片空白。然后,我摸摸自己的脸,确定自己不是在做梦。

我真的是死里逃生。

如果公路旁边是下坡,相信我早已经粉身碎骨。又或者迎面来了一辆车的话,受伤也一定是无可避免的。我尝试着再次发动车子,居然还可以开动,于是战战兢兢地开了回家。

回到家里，冷静过后，我打了电话给真。

"我刚才出了交通意外，险些送命了……"我说。
"不是吧？你还好吗？我很担心你啊，没有你我真的不知道怎么办。"她说。
那个晚上，我彻夜难眠，脑子里不断重放着汽车失控时的场景。

原来，我们是会随时消失于这个世界上的。所以，我要珍惜活着的每一分，每一秒，更加珍惜我爱的人。
以后很长一段时间，真都要确保我有足够的精神才让我开车回家。

5月12日，真的生日又到了。从大理到英国，已经一年的光景。这一次没有传奇般的重聚，但是我们的感觉还是一点都没有改变。
在她生日的前一天，我去伦敦一家公司面试。我一开始也没有抱很大的期望，只是怀着试试看的心态。过了几天，中介回复说那一家公司愿意聘用我。

伦敦一直是我很喜欢的城市。泰晤士河畔都是漂亮的建筑，大笨钟，议会大厦，伦敦眼，塔桥等风景美不胜收。街上古建筑比比皆是，随便一栋楼都有过百年的历史，跟别具一格的现代建筑相映成趣。城里有数之不尽的美术馆和博物馆，而且大部分都是免费的。伦敦西区每天晚上上演着《歌剧魅影》、《悲惨世界》等让人如痴如醉的音乐剧。总的来说，伦敦在我心目中是一个非常大气的城市。

从小在香港长大的我，在普利茅斯这个小城实在待不下去。

但是，我知道真很可能在毕业以后会回中国。如果我选择了去伦敦工作，那我们以后会怎么样？

当我们在讨论这个问题时，我脱口而出地说了一句：
"我们结婚吧。"
"结婚？你是认真的吗？"她很诧异地说。

我继续说："因为，经过上一次交通意外，我想了很多事情，关于我的人生，还有什么是对我最重要的。世事难料，可能我们明天就不在这个世界上。在西藏遇见你是我生命中最大的幸福，我很想把这一份幸福延续下去，很想跟你一起生活一辈子，每天给你烧饭，晚上给你盖被子。"

"你这样算是求婚吗？"她问。
"嗯……算是吧。"我说。

没有鲜花，没有钻戒，没有单膝下跪，没有电影中让人感动的场面。但我拥有一颗真挚的心。

2004年6月12日，星期六。
风有点大，但总算阳光明媚。
到达伯明翰市婚姻注册处时，已经迟到了十分钟。我们在英国的朋友们早已经到齐了，办事处的人催促我们赶快进入礼堂，因为仪式快要开始了。礼堂不算很大，但对我们这帮小众来说已经绰绰有余。

我心里很紧张也很激动,嘴边挂着微笑地进行宣誓:

"I do solemnly declare that I know not of any lawful impediment why I, Ming Kei, may not be joined in matrimony to Zhen."

(我庄严地宣布以我,铭基,所知没有任何法律上的障碍使得我不可以跟真成为合法夫妻。)

我小心翼翼地读着誓词,很害怕把任何一个字读错了。

然后是双方交换结婚戒指。大概是我太紧张的原因,我差点对着那个工作人员说了以上那一番话,大家为此而大笑了一番。

我也笑了,大家的笑声正好舒缓了我的紧张。我看了一下真,才发现她今天穿着一条珍珠色的礼服裙,特别特别漂亮。

我拿起戒指,对着她说:

"I call upon these persons here present to witness that I, Ming Kei, do take thee, Zhen, to be my lawful wedded wife. I give you this ring as a symbol of our marriage, as a token of my love and commitment to you."

(我在这里要求在座各位见证我,铭基,愿意娶你,真,成为我的合法妻子。我把这个戒指交给你,作为我们的婚姻的象征,作为我对你的爱和承诺的印记。)

我们的印记当然并不止于一对戒指。其实在西藏的一切一切，早就深深地成为我们爱的印记。

结婚仪式结束，我们从婚姻注册处走出来。刚走出来，就有一片片的"雪花"降落在我们身上，然后是一片欢呼声。

那种感觉似曾相识，就好像我和真在拉孜的那个黄昏一样。

再看清楚一点，原来是一粒一粒的米。真的外国同学，笑眯眯地看着我们。原来，这是他们的鬼主意。不知道他们从哪儿学来的风俗，说这是对新人的祝福。

就在"米"的祝福下，我们结束了一年零一个月的"爱情长跑"，准备在伦敦展开新生活。

一年零一个月，对一般人来说可能是一段很短的时间，但是在我们浓缩的时光中，已经带着无限的回忆。

我们决定数年后履行我们的五年之约，再次踏足西藏，一个我俩相识、相知、相爱的地方。

但愿每一个人都能找到属于自己的那一片西藏，找到属于自己的藏地白皮书。

2003年西藏，去往珠峰途中，铭基与真。

"他的目光穿过我的头顶，投向远方。我站在万丈悬崖边，心神恍惚。眼角的余光却偷偷地看了他一眼又一眼。"

2003年5月6日的黄昏，大昭寺的二层屋顶，铭基与真。

"我安静地看着他。两个人之间只有轻轻回旋的风声和温暖的阳光。
他拿出相机自拍下我们的合影。拍照的那一刻，我们靠得很近。
我忽然觉得空气中有点异样的气息。
可是这种感觉一闪即逝。"

2003年的羊卓雍措与纳木错。
湖水与天空同色，清澈见底。

2003年的大理，铭基与真。

"如果人生可以重来，我愿意选择几个片段反复生活。
在大理度过的七天无疑在我的这一选择之内。
那真是平静美好的，如同神仙眷侣般的生活。"

2003年的香港,铭基与真。

"七月的香港,盛夏的香港,只有我和她的香港。"

"2004年6月12日,我们在伯明翰市的婚姻注册处举办了一个简单的仪式。这个婚礼没有家长参加,没有红毯鲜花,没有钻戒婚纱。我们自己却洋洋得意,十分满足。"

"闲时读书,看电影,听歌剧,观画展,每逢假期便出门旅行。
伦敦城内天阔云低,浓浓的尽是诗意,我们只觉世间安详而岁月静好。"

"最初的激情虽已渐渐沉淀,
细水长流的安稳与幸福却更有一番天地清明的真实与美好。"

后记

他一点也不耀眼，扔进人堆里可能就找不着了，
可是那一束温柔的光，刚好就是我最想要的。

谢谢你老傅，因为你的存在，
让我觉得每天回家就好像去游乐场和马戏班那样轻松快乐。

我眼中的铭基同学

长着一张足以欺骗群众的幼稚脸的铭基同学眼看就要三十大寿了。几个星期以前我们几个朋友在上班时间发无聊邮件时提到这件惊天动地的大事，他微弱地表示抗议："不要这样嘛……大家都是奔三的人……"我赶紧和他划清界线："可是你奔得太快了，我们赶不上啊！"

其实奔得太快的只是时间本身而已。我总觉得我们在内心深处并没有长大。没有，至少在遇见对方之后，就再也没有。

在二十出头的年纪就结婚，这在西方国家绝对不多见。因此我的同事们总是好奇地打探我和铭基同学的爱情故事。他们问得多了，我便开始不耐烦起来，只是用"在西藏认识的"一句话简单带过。可是我低估

了英国人那炽热的八卦之心，公司里渐渐地就有谣言传出——

"听说她老公是西藏人呢……"

"西藏人会说中文吗？"

"……也可能他们用英文交流吧……"

"西藏人会说英文吗？"

……

我也常常回忆我们在西藏最初的遇见。那年铭基同学二十五岁，沉默寡言的年轻人，一张高中生的脸，背着大包走在路上，生活于他本来可以有无限种可能。他本来可以遇见一个更美更聪明更温良贤淑更善解人意的女生。但是他不幸地在中途遇见了我。老傅我横空出世，一手遮天，像个女土匪似的把他人生中那些更美好的可能性统统抹煞了。

从此以后，并肩走天涯，看尽长安花。从雅鲁藏布江到泰晤士河，岸上星移斗转，水里流光偷换。一不留神，轻舟已过万重山。

我们结婚一年之后，好友老王特地来伦敦看我。我陪他在城里四处闲逛。泰晤士河的游船上，他忽然若有所思地看着我："结了婚的人不是应该变化挺大的么？我说你怎么好像一点变化都没有呢？"

我愣在原地，许久说不出话。头上烈日当空，心内却是暗潮汹涌。直到那一刻我才意识到，我所经历的是怎样的一种爱情。从认识铭基开始，他永远给我足够的个人空间，也从来没有试图改变过我。他所爱的就是我这个人本身，以至于以一种爱屋及乌的态度，默默包容了我身上所有的坏毛病。从在西藏时那个神情冷漠一身棱角的叛逆女生，到现在这个无厘头的原发性话痨，他看到了我性格中隐藏的每一面，可是仍然无条件地爱着。我想所有爱过的人都知道，这绝不是一件容易做到的事情。

可能是从小看了太多的故事，即使是在青涩幼稚的少女时期，我也几乎从没对"白马王子"有过任何的幻想，因为知道白色可能是染的，毛发也可能烫过。我也不相信这世上有"大众情人"这种东西，既然每个人都独一无二，那么最适合你的那个人也必然是甲之熊掌乙之砒霜。村上春树写过《遇见百分之百的女孩》，我觉得这个说法才比较靠谱，那个人不见得最最完美，可是他对于你来说就是只属于你一个人的百分之百。从认识铭基同学以来，很多人问过我为什么喜欢他，是不是第一次遇见便已看到他在人群中发出金光。拜托，铭基同学又不是金刚钻。花花世界人山人海，他一点也不耀眼，扔进人堆里可能就找不着了，可是那一束温柔的光，刚好就是我最想要的。就像大热天里人人都躲在空调房间，这时我走出门去，遇见一阵穿堂风，这是只属于我一个人的偶遇和惊喜，所以有无限感激。

在老王见到铭基之前，他曾经让我描述一下铭基同学到底是怎么样的一个人。当时我想了很久，最后也只能写下"谦谦君子"这个我认为最贴切的词。铭基是一个非常纯粹的人，并不是简单如一杯白开水，而是把很多东西慢慢过滤掉之后剩下的那种澄净。他有一种清新的心思，是彻头彻尾的自由派，绝不会为生活的小恩小惠所收买。这真是深得我心，因为我本人便是宁做在烂泥塘中自由地摇头摆尾的乌龟，也不愿做风光无限却受人束缚的千里马。

我常常想知道，铭基同学的心里到底是有怎样的一个神奇角落，才可以使得他这样温和谦虚而悠然自得。我疑心他根本不知道"嫉妒"是什么样的感觉，因为他好像完全没有嫉妒心。金钱权力美貌在他看来都不是特别吸引人的东西，如果要说羡慕的话，他只羡慕《国家地理杂志》的摄影记者，可以游山玩水，寓工作于娱乐。在对待我的态度方面，他几乎是放任自由从不干涉，尊重我的一切隐私，也完全没有大男子主义作风。我觉得他有自己一个独立而完整的精神世界，里面饮酒落花，风和日丽。牛羊无事，百姓下棋。

因为做的是投资银行这个行当，身边的同事大多是各大名校的一等荣誉毕业生，个个聪明醒目，但是我可以毫不夸张地说，铭基同学才是我见过最聪明的人。我还记得我刚进公司培训那会儿，有一次小组活动是按照说明折纸船。听起来挺容易，可实际情况是直到第四十分钟才有第一个人找到窍门。周末回家时我把这事告诉他，结果就在等红绿灯的时候，他一边看那张说明纸一边就顺手把纸船给折出来了。整个过程只用了一分钟都不到！直到现在，我在工作上遇到想不明白的问题，也还是常常带回家来和他讨论。他是工科生，对金融全无了解，可是脑子实在好使，我简单解释几句他便明白。正因如此，我常感慨真正的聪明人其实全都埋没在民间。而平庸之辈如我，只不过是仗着一张漂亮的成绩单日复一日地碌碌无为。

第一次见到铭基同学,我便觉得他是一个可以永远走在路上的人。这是一个人与生俱来的气质。即使在城市里,他也随身携带指南针,好像随时期待着一场时间旅行,可以流落到撒哈拉沙漠里大派用场。他是不折不扣的地图狂人,维基百科推出地图功能的时候,我问他:"开心吧?"他背对着我,用一种炽热的语气喃喃自语:"你都不知道我现在有多兴奋……"我一回头,只见他整个人简直是扑在电脑上,口水差点流了一键盘。

他也是我遇见的第一个想去非洲做志愿者的人。这正是我一直以来的愿望,因此最初听到的时候真有心有戚戚的惊喜。不像一些人只是说说而已,铭基同学会真的去到具体的网站上查询,当得知人家不要土木工程师的时候,他的失望之情简直溢于言表。说真的,我确实非常感动。在这样一个物欲横流的社会,人人都忙着寻觅财路,力争上游,他这一腔痴愿多么难能可贵。我们已经决定过几年回国后先去农村支教,说不上是回报社会,只是想为国家的未来尽一点绵薄之力。

结婚三年来,除了有过一次关于汤包到底是什么形状的争论之外,我和铭基同学几乎从来没有红过脸。当然我对他也有不满意的地方,比如他总是把脏衣服到处乱扔,比如他一拿起《红楼梦》就能在三分钟之内睡着还打呼噜。铭基同学对读书这件事不如我积极,以前我总觉得是个小小遗憾,因为原本可以获得和他一起探讨书中细节和哲理的乐趣,也可以更了解他的思维与情感。然而后来我渐渐发觉,他与这个世界的交流是从其他方面实现的。从他拍摄的照片上,同样可以看到美和微小的细节。不擅长口头表达的铭基同学,把他的心灵与感受透过相机的镜头传递出来。当我看到那些令人震慑的细节之美,也同时看到了镜头后面他饱蕴情感的目光,这情感静默内敛,却同样强大深沉。

电视节目中,但凡采访情侣,总有一个问题是怎么也少不了的——他/她曾经做过最让你感动的事情是什么?这问题对我来说不容易回答,因为可供选择的答案实在太多了。这短短几年好似浓缩的人生,回首来时路,山无数,水无数,情无数。我会想起当年珠峰脚下的半碗方便面,也会想到大理车站前无言对视的目光。我仍然记得那清贫岁月中的情人节,从超市买来的一小束花,也记得伦敦地铁爆炸时我的颤栗和恐惧的泪水。我看得见你说"我们结婚吧"时眼底的那抹温柔,我听得出你在婚礼上说"Yes,I do"时声音的那一丝颤抖。我记得你在我找工作最艰难低落的时候对我说"他们不要你是他们的损失",我还记得我在纽约那短短半年你一共飞来了七次……

我怀念我们一起走过的路,一起看过的日落,一起流过的泪水,一起做过的梦。

一个朋友曾经问我:"你到底有多爱他?"
我说:"怎么衡量呢?总不能精确到长宽高吧?"
她说:"如果要你为他挡子弹呢?"

我几乎毫不犹豫地回答:"一句话。"

说完以后我自己也忽然吓了一跳。不是都说人最爱的只是自己而已么?爱情到底是什么东西,能让我们爱着爱着就忘记了自己?

一直以来,无数女性作家都以"过来人"的经验告诉所有的女生,被爱比爱人幸福。我曾经一度也认为这是爱情中最理想的归宿。可是现在的我却觉得,持有这种观点的人,或者已经不相信爱情,或者并没有真正爱过。爱是人类独有的精神现象,也是人类最高贵的情感。当我们心中有爱,才确知自己生活在这个世界上。只是被爱而不去爱人,快乐也许,幸福未必。

电影《卧虎藏龙》里,大侠李慕白说:"握紧拳头,里面什么也没有。张开双手,你就拥有了整个世界。"

爱情亦是如此。

宇宙洪荒,天地辽阔,人各取舍,我在爱着。

我眼中的傅真同学

好吧，今天我要写一个傅真生活大揭秘。老傅的粉丝们要有心理准备，因为我眼中的她也许并不如你想象的那样。

当年在西藏潇洒不羁的她，如今已为人妇。

但是，老傅不（懂也不想）做饭，也不喜欢做家务，最后在我的威逼利诱下才把洗衣服这个重任承担下来。我们吃完饭都不会主动把碗洗干净，弄得家里的饭桌和厨房的水池常常都堆满了碗。最后，当我也忍无可忍时（主要是已经没有碗可以用来做饭时），我就会大嚷："再不洗碗今天就没有饭吃了。"然后，老傅才会乖乖地跟我一起把碗洗干净。（老傅可能会高呼冤枉，因为偶尔当我不在家的时候她也会独立把这个艰巨任务完成。）每当我在勤劳地做饭或者擦地时，总会特别要求她在旁边跳舞助兴，而她也会乐意施展浑身解数来娱乐我。她还常常自嘲是一个"生活白痴"，因为家里的琐事她都一概不管。（可是，后来她还是一个人在纽约生活了六个月。）

结婚以后，我们两个人好像都没有变成熟，反而有"返老还童"的趋势。家里的东西都是"活"的。每一样东西，譬如水果、汽车，都有可能会"开口"说话。当然，配音全都是由我们两个人包办，有时候还可以一人分饰多角。其中有一只"狗狗"，最受我们宠爱。有时候它非常可爱，但是有时候也非常"贱"。它懂得"飞"，又晓得"踢腿"，会开"狗车",还会打"狗工"来赚"狗镑"。每一个来我们家里的客人都对它爱不释手。

她是个"书痴",每当看到好的文章时都要念给我听。虽然我一般不能做出有水平的回应,但老傅还是会孜孜不倦地给我解读。

她特别爱演,表情也非常丰富。所以她常常喃喃自语,说没有人找她演戏很浪费她的才华。也许她大脑太发达了,所以显得小脑有点逊色——常常打翻东西,跌跌碰碰地弄得遍体鳞伤。有时候,老傅会像一头动物似的,像犀牛一样喜欢用头去撞人,还会装出咬人状。

真的星座是金牛座(据她自己号称是疯牛座),学的专业是财务管理,从事的工作也是跟金融有关的。可是,她对金钱的概念却不太敏感。如果别人问她有关投资的问题,她会一脸茫然。只要她喜欢的东西,不管是便宜或者昂贵她都会觉得是一件宝贝。那些所谓名牌对她来说也只是一个牌子而已,她甚至会觉得那些印有品牌图案的包俗不可耐。记得有一次我只是随便说说喜欢某牌子的外套,结果不到一个星期她就把那一件外套买下来送给我。那时候她还只是学生,一件外套已经花掉了她半个月的生活费。(不晓得她剩下那半个月是怎么过的。)

我们在结婚以后刚刚搬到伦敦时,过了一段颇艰苦的日子。伦敦的生活水平非常高,我们只能负担一个小小的单元,客厅和卧室都是在同一个房间,吃饭,看电视,上网和睡觉都在那里。房间是加建的,所以在冬天的时候非常冷。加上热水器常常失灵，没有热水和暖气就好比雪上加霜。后来房间还发现了老鼠的踪影，把我们弄得杯弓蛇影，神经衰弱。终于在某个早晨，我们在厨房水池发现了这只可恶的家伙，勇敢的老傅二话不说马上拿起一个碗来把它盖住，然后我迅速用塑胶袋把它和碗一起包起来扔到屋子外面去。虽然房子问题很多，但我们还是觉得很满意不用跟别人合住，因为这样才有"家"的感觉。

严格来说，我们从来没有吵过架。一般有什么意见上的分歧，我们都可以很快达成共识。最接近于吵架的事情就只有争论"到底小笼包跟小笼汤包的形状是不是一样"，或者在找不到路时应不应该问路人（她觉得路在口边，而我觉得路是需要自己从地图上找出来的）。

我们去葡萄牙旅游时，我把刚买了几个月的相机在火车上弄丢了。她不但没有埋怨过半句，还耐心陪我回去找。以后几天她不断地安慰我，怕我觉得难过。还好我们都是天性比较乐观的人，这个不大不小的过失完全没有影响我们旅游的心情。

她是我见过最特别的女生——个性独立，有思想，不做作，不娇气。

这种感觉，从西藏一直到现在都没有改变过。

我还记得在大理时，我对她说："为什么你会选我？你那么特别，我却是一个如此平凡的人。"她的文学和艺术修养，对于在香港这个文化沙漠长大的我有着很大的震撼。那时候我在生活中受了一点挫折，所以性格并不是很自信。后来，她在语言和行动上给了我很多信心。她会介绍好看的书给我，支持我多钻研喜欢的摄影，要我多注意自己的形象，不许我太不修边幅。我已经不再是当年那个妄自菲薄的我，因为我在她的支持和鼓励下已经再次"成长"起来。

虽然我的文字不足以表达我的思想，但是我还是想对她说，谢谢你老傅，因为你的存在，让我觉得每天回家就好像去游乐场和马戏班那样轻松快乐。

藏地白皮书

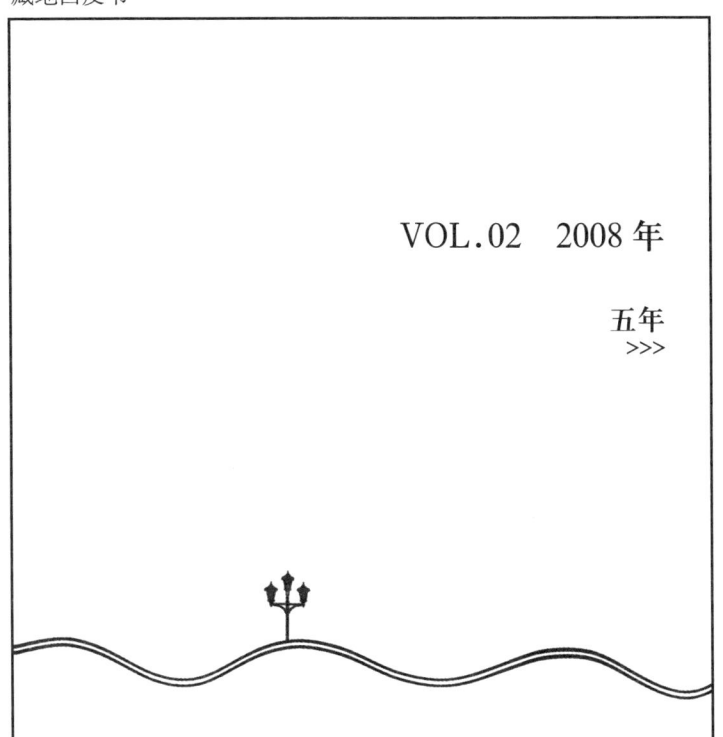

VOL.02 2008年

五年
>>>

五年

五年前对着天空拍下照片的那个傍晚,
暗自揣摩对方心思的那一瞬间,
命运之神已经悄悄埋下伏笔。
曾以为从此要各走各路的两个人,
最终竟成为相依为命的伴侣。

真

2008年5月6日,《藏地白皮书》首次出版发行。不过由于我们身在国外,并没有第一时间拿到样书。可是这个日期……我立刻扑到电脑前去查找当年的日记——果不其然,整整五年前,我和铭基同学就是在2003年5月6日这一天于拉萨分别的。

我呆呆地看着电脑屏幕右下角的日期,身上的汗毛都一根根竖了起来。如果真有雪域神灵的话,他是否正用这种方式提醒我们五年之约已经到来?

五年前的那一天,拉萨与以往的任何一天并没有什么不同。从大昭寺的屋顶望出去,这座城市安静而庄严,时光流转和世事变迁于它似乎未有丝毫影响。僧人在忙着整理大殿佛堂,一位长发嬉皮士在不远处煞有介事地打坐,数十名快乐的藏民一边唱歌一边打阿嘎,我和铭基并肩坐在塑胶椅子上。当时我们之间的距离只有0.01厘米,可是谁也没有勇气去触碰对方的指尖。我只能悄悄地看着他的侧脸，知道自己会永远记得他此刻的容颜。

他忽然对我说，不如我们五年后再于此地聚首，故地重游。我点头说好，忍不住开始想象我们五年后的模样。2008年的我们身在何处，又变成了什么样的人？我们也许仍是单身，也许将带着伴侣出现在彼此面前。我们还会是朋友，还可以问候，可是能否找到一个可以拥抱的理由？也许我终于可以鼓足勇气向他提起2003年春天旅途上的那场心动，也许只能沉默着不发一言让往事随风……

我看到了这开头，却没猜中这结局。五年前对着天空拍下照片的那个傍晚，暗自揣摩对方心思的那一瞬间，命运之神已经悄悄埋下伏笔。曾以为从此要各走各路的两个人，最终竟成为相依为命的伴侣。

2008年12月，我和铭基从伦敦出发，一起奔赴当年在大昭寺屋顶订下的五年之约。在别人看来这或许是个矫情的举动，可是对我们来说，履行约定是再自然不过的事。对于大昭寺，对于西藏，对于命运，我一直心存感激。更何况，我也想看看当年的那个自己。

一

坐在从北京开往拉萨的火车上，我们既兴奋又有些许不安，不知道选择冬天进藏到底是不是个草率的决定——我们俩身上的羽绒服都是头天晚上在北京现买的，保暖内衣雪地靴发热包之类更是一应全无……

到达拉萨时已是晚上。住进一家之前在网上看好的青年旅舍，地方很便宜干净，可是我们的房间在一楼，阴冷得超乎想象。虽然要来了电热毯,可还是冷得好像连呼吸都冻住了似的。我们尽量把四肢蜷缩在电热毯的"势力范围"之内,因为所有界外的地方摸上去都是冰块般的触感。两床重重的被子压在身上连气也喘不上来。铭基同学很快开始感冒,又因为时差和高原反应的关系几乎整夜失眠。等待天亮的时候我不停地安慰他:"没事儿,明天咱们去向前台要个楼上向阳的房间……太阳出来就会好多了……"

天终于亮了,他猛地坐起来长喘一口气:"别什么楼上向阳的房间了,我们出去找个有暖气的旅馆吧!"

为了他的生命安全,我们赶紧哆嗦着起床去找"有暖气的旅馆"。最后终于找到一家,有空调,阳光充足,价格也很合理。这场噩梦至此才算结束。

后来有一天在仓姑寺喝茶的时候遇到两位游客,他们说会选择冬天来西藏玩儿的人都是些"三失"人员。所谓"三失",即失恋,失业,失常。我和铭基相视一笑。如此说来,我们恐怕就是"失常"了。

可是后来我也渐渐发现,冬天的拉萨虽然异常寒冷,却另有一派原汁原味的景象。游客们那些五颜六色的冲锋衣都不见了,满大街热热闹闹的都是藏人,他们才是这座城市真正的主人。八廓街上的摊位夏天时大多出售旅游纪念品,冬天却几乎全都为本地人开设,皮袍、毛毯、靴子……摆得满满当当。冬天的旅游景区里游客极少,安静的氛围往往与寺庙和隐修洞本身那孤独出尘的气质相得益彰,懂得的人自会欣赏这一份天时地利的美。旅行成本的降低更是锦上添花——冬天是旅游淡季,住宿和交通都很便宜,价格有时还不到旺季的一半。景点门票也往往五折出售。

更何况高原的冬日暖阳实在令人沉醉，白天并不觉得冷，每天日照时间可达十小时以上。久居英伦受够了阴霾天气，我们俩在拉萨如鱼得水，根本顾不得提防什么紫外线，整天如痴如醉地仰着脸晒太阳。阳光其实比空调更有效。只要早晨把旅馆房间的窗帘拉开，经过一个白天的阳光照射，晚上即使不开空调也并不觉得冷。有一次天还没亮就乘公交车去达孜县的扎耶巴寺，车子到处漏风，玻璃窗上结了一层冰，寒气从四面八方扑面而来。我们俩浑身打颤，冻得连话都说不出来，下车时双脚已经失去知觉了。可是当太阳从山谷中升起，阳光点亮山头的时候，我们结冰般的身体忽然就开始解冻，扎耶巴的美也在同一瞬间奇迹般地绽放在眼前，简直像是伦敦剧院的大红丝绒幕布刷一声拉开。就是从那一刻开始，我像古埃及人一样产生了"太阳崇拜"。

因为天气冷的缘故，我们这次没跑长途，只在拉萨和周边地区打转：

去娘热山上的帕邦喀看看藏文诞生的地方，下山途中遇见热情邀请我们喝啤酒的藏族大叔，在荒莽山坡上席地而坐一起饮酒聊天，得知眼前人竟是传说中无比神秘的天葬师，而天葬师大叔其实很接地气，和我们分享了不少关于夫妻间如何和谐相处的人生感悟，还有他的偶像竟是韩国女星张娜拉。

星期三则一定要去扎基寺，它是整个西藏唯一的财神庙。来自五湖四海的人们怀着求财的心愿赶来这里朝拜，寺门外的煨桑炉早已升起袅袅桑烟。寺中的主供佛扎基拉姆据说来自内地，有求必应且嗜酒如命，于是每位信徒都带来白酒供奉给这位藏地财神。一名僧人专门负责将一瓶瓶白酒打开再倒入巨大的酒缸里，佛堂内酒气冲天，令人醺然欲醉，财神爷今日绝对可以一膏馋吻。

有时我们会去拜访攀德达杰职业技术福利学校。这里的一百多个学生主要是孤儿、轻度残疾青少年和家庭特困青少年，学制六年，主要传授西藏传统文化艺术，学校还聘请了藏语、汉语和英语老师教授文化课。一百多个学生的吃穿住全靠学校解决实非易事，扎多校长说学生们全都吃素，附近的居民有时会送点大米和油，好心人会捐些衣物，然而捐助还是远远不够。我们本来准备了一点钱，想让校长给学生们买点吃的，可他打死也不接受，说学校有原则，只能通过正式的捐款途径。我们只好又买了十几箱牛奶、水果、糖果之类的给他们送去。

更多的时候，我们只是漫无目的地在拉萨街头闲逛。每一幢房屋每一张面孔都让我有种回家般的亲切，每天即使什么也不干只是喝喝甜茶晒晒太阳也会从心底里涌起稠密的幸福感。在伦敦的办公室里，我习惯了像个男人一样冷静克制心如磐石，此时却连看见街边卖炸土豆片的女人和流着鼻涕打架的小孩子都会投以恋慕的目光。一大束温柔纤细的情感不知从哪里浮上来，好似高原的天空一样纯净而低平。或许这就是传说中"前世的乡愁"吧？说来也怪，两次进藏都自始至终完全没有高原反应，看来我的身体和灵魂都无可否认地偏爱西藏。

我仍然热爱拉萨，却也看得出它变化不小。想来这也在情理之中——我自己又何尝不是呢？街上乞讨的小孩五年前还叫我"阿佳"（藏语的"姐姐"），现在却不约而同地改口叫"阿姨"了……

拉萨最显而易见的变化便是街上多了无数的武警和便衣。在通往各个寺庙的路上都有重兵把守，他们随身佩带催泪弹和盾牌，一脸凛然不可侵犯的神情。常见到大街上满载士兵的军车一辆接一辆地开过去，小伙子们在后厢里挤作一团却岿然不动目不斜视。我心惶然，五年前那样平和安宁的景象恐怕再也回不来了。

一天晚上回旅馆，路上看见一队武警又在列队巡逻。走近时听见其中一位正深情款款地小声哼着歌："为什么流浪……流浪远方……流浪……"实在应情应景，我一下没忍住就笑了出来。笑完之后却也有点恻然。这些战士们几乎是清一色的汉族，小小年纪就背井离乡被派驻远方。在这滴水成冰的深夜，寂静空旷的大街上，他们忽然就变成了一个个有血有肉有感情的个体。我原本对他们并无好感，此刻竟生出"同是天涯沦落人"的感慨。想起白天看到的他们身上单薄的衣服和冻得通红的鼻子，心情非常矛盾。

拉萨的朋友告诉我们一件趣事：几个外国游客在拉萨街头到处拍照，被武警没收了相机。他们非常焦虑不安，隔天一起去警察局交涉，结果回来时眉开眼笑，说不仅拿回了相机，里面的照片也一张没少，只是被警察叔叔警告说以后小心点。然而最雷人的是——据说，据说由于双方聊得实在太开心了，最后决定来个集体大合影——就在警察局里……

二

在《藏地白皮书》出版之前，我只把这本书当成是一个私人的纪念，从未想到它会收获如此多的关注。很多读者写来邮件告诉我和铭基他们的阅读感受，甚至和我们分享自己的爱情观和人生故事。

感动之余我也觉得意外——又小又薄的一本书，字数不多，情节也不复杂，何德何能受到这么多人的喜爱？老实说，拿到书后我自己都从来没能完整地看过一遍——书中我的日记部分都已是多年前的文字了，少女口吻的文艺腔，每次翻看不到两页就脸上发烫羞愧难当，只能用"那时我才21岁嘛"和"无知者无畏"来宽慰自己，真是难为读者们要忍受这一切。不过我也早就知道，这本书的看点并非文笔。正如很多读者所说，《藏地白皮书》最大的价值在于它的真实——由于在路上发生过太多无疾而终的爱情，"有情人终成眷属"的真实故事无疑令人稍感慰藉。而且……是的，连我当年的文酸矫情和强装成熟的青涩也统统是真实的。

这次回西藏，我们特地带了三本《藏地白皮书》，其中一本打算送给久闻大名却素未谋面的"薯伯伯"阿刚。

香港人阿刚，不折不扣的旅行狂人，大学毕业后满世界乱跑，足足在路上走了七年。直到一年前，他终于结束了四海为家的生活，选择在拉萨安顿下来，还认认真真地开起了咖啡馆。

我们既好奇阿刚也好奇他的"风转咖啡馆"，刚到拉萨的第二天就登门拜访。阿刚圆脸圆眼镜，面孔卡通趣致神似加菲猫。他穿一件藏族人的皮袍，头上戴着藏式毛皮衬里的帽子，脚下却趿拉着一双正常人在夏天才会穿的洞洞鞋。初见时阿刚尚有些羞涩矜持，架不住我和铭基天天往他店里跑，熟络之后开始肆无忌惮地释放他鬼马疯癫的真性情，与心底里也住着两个疯子的我们甚为投契（虽然他老是叫我"传真姐姐"，气得我频频在店里暴走……）。他那时也在写书，书名叫《风转西藏》，讲述在拉萨卖咖啡的生活。大家本就都是"骚"人，眼下因着写书的关系，竟也都忝在"墨客"之列了……

把《藏地白皮书》送给阿刚之后，他随手放在咖啡馆里，却意料之外地受到很多藏族朋友的喜爱。当天晚上就被一个在西藏艾滋病防治基金会工作的藏族女生借走，三天后还回来，又被风转咖啡馆的员工借去看，之后又借给了一个在西藏歌舞团工作的藏族朋友……如此往复，最早收到书的阿刚本人反倒一直没有机会看。

央宗是西藏大学护理系三年级学生，利用寒假在风转咖啡馆打工。我和央宗一见如故，她性格开朗言论无忌，问她有没有男朋友，她一点也不忸怩地说"哎呀分手啦"，又说"四川阿坝州那边的男孩子特别好看"，眼神中流露几分憧憬。央宗非常喜欢《藏地白皮书》，刚看完就急着发表感想："好像韩剧啊！"（呃……我和铭基同学面面相觑……）她可能看过不止一遍，对书里的情节了如指掌，我们每次进到风转，央宗总是提起书中各种细节——"你是江西人，他是香港人……"，"我也想看你们说的那个电影《心动》"，"玛吉阿米好玩吗？看了你们的书，我也打算去看看"……她还会时不时地催促我们："你们再去一趟珠峰嘛！再去一趟日喀则嘛！那是你们五年前一起去过的地方啊，再去看看嘛！"（可是妹妹啊，冬天雪路难行……）

因为央宗总问起《藏地白皮书》在哪儿有卖，说想买来给她的同学朋友们看，我们就索性多送了她一本。这本书很快又被另一位藏族女生小Y借走。第二天我们在店里遇见小Y，她嘴角挂着一丝无奈的笑："我看了你们的书……看得我好郁闷啊……"

我知道她的故事，因此完全能够理解她的心情。香港男生小M来西藏旅行，停留了三个多月，他和小Y在此期间相识相恋，可是小M在我们离开前几天也回香港了。虽然他说过几个月后再回拉萨，但是这段感情注定将经受重重考验——距离、民族、文化……这些都比我和铭基当年所经历的更为严峻。

佛经里说：爱欲之人，犹如执炬，逆风而行，必有烧手之患。可是人在爱中，又有谁会害怕烧手之痛？我只希望那风小一点，再小一点，让有情人执炬而行，照见前方大道光明。

还剩下一本《藏地白皮书》，我们自然是把它送去了玛吉阿米。

五年前，我离开西藏的第二天，铭基独自走进我们曾一起去过的玛吉阿米，在留言簿上给我写了一封信。这些年来我一直苦苦"逼问"他这封神秘的信上究竟写了些什么，起初的两年他总是故作神秘说什么"你以后回去看就知道了"，可是后来，随着时间的推移……连他自己也忘了自己究竟写了些什么……时间轻易地玩弄我们于股掌之间，一个人的好奇终于演变成两个人的好奇。

我一直觉得留言簿是玛吉阿米的灵魂所在，却没想到多年不见，这灵魂变得如此"沉重"，简直是英文里说的"iron in the soul"——留言簿有厚厚的一大摞，搬起来死沉死沉的，而且根本没有按照时间顺序好好摆放，寻找起来非常费事。

原本在想象中是很浪漫的一件事，实际的情形却变成我和铭基面对面地坐在桌子两端，把头埋在面前的一大堆留言簿里，不停地手挥目送，摇头叹气："不是这本……也不是这本……"

最悲催的是，经过我们的一番辛苦搜寻和整理，留言簿往前回溯到2004年，然后戛然而止。

2004年以前的呢？！我们哀怨地叫来服务生泽朗贡布，他似乎见怪不怪："留言簿实在太多啦，店里放不下，以前那些可能都收在仓库里了吧……"

唉，往事遥不可追，锦书封恨重重……生活毕竟不是电影，我只好自我宽解说这也算是"缺憾之美"吧。

信虽找不到了，书还是得送的。其实有点不好意思，还好当时店里没几个人。我和铭基好像做贼一样偷偷摸摸地把《藏地白皮书》交给泽朗贡布，小声说："这个是……我们写的书……放在这里留个纪念吧……"他接过书，脸上有三分疑惑两分茫然。我和铭基都属于那种很怕嘴上乱煽情的人，呆站了片刻也说不出什么来，赶紧落荒而逃。

本以为这本书从此就在玛吉阿米的书架上安家落户了，谁知这并不是它的最终归宿。

一年多以后，我在网友"望月者"的博客上看到以下这段话：

"玛吉阿米的泽朗贡布看我总捧着本'书'读，说要送我一本书。我问什么书，他说不知道，是在餐厅吃饭的两个年轻人送给他，说要留个纪念什么的。我说别人送你的书你转送给我恐怕不太好，贡布说，没什么不好的，书要读了才算是书，反正他也读不懂。话说到这份上，我也只好'欣然笑纳'。没想到几天后贡布带来的，竟是一本《藏地白皮书》！我哈哈大笑，说这本书早就有啦，还写过一篇得到书中'男主角'首肯的评论……"

我差一点惊掉了下巴。网上初识望月者，缘自她在豆瓣上为《藏地白皮书》写下的一篇书评《你带来欢笑，我有幸得到》。书评写得十分细腻中肯，我和铭基都很欣赏。后来也在网上关注她其他文字，觉得文采飞扬的同时还有一种特别正的范儿，没有文酸气也不摆姿态，见识广博却非常可亲。现实中我们从未谋面，本以为缘分止于网络，没想到竟还有这样一段阴差阳错的书缘。

之所以说"阴差阳错",是因为那书原是送给玛吉阿米的,本希望它能在店里书架上占一小小角落留个小小纪念,可不知是我们表达能力太差还是泽朗贡布汉语水平有限,总之他会错了意,以为书是送给他的。我现在完全能够理解他当时错愕的心情——两个奇怪的陌生人莫名其妙地送了一本不知道讲什么的汉语书给我……

一本书有一本书的命运,很高兴它最终流转到我们喜欢的人手里。

三

都说"近乡情怯",我重返大昭寺便是怀抱着这样的心情。才刚走到门口,那熟悉的颜色、声音和气味就穿越时间的雾霭排山倒海般扑面而来,而当我们进入大殿佛堂,再次看见酥油灯海和庄严宝相,那种"五雷轰顶"般的神圣和震慑依然和当年初见的感受一模一样,我的眼睛都有点湿润了。

也是恰好遇见有缘人,老喇嘛达珠好心地领我们进到三楼原来不对外开放的殿堂参观。当时忽然停电,我们把手机拿出来当手电筒,隐约可见墙上精美的唐卡和壁画。达珠介绍说这是四世和五世达赖曾经住过的房间。他掀起窗帘的一角,告诉我们在节日和举行重大仪式的时候,达赖就从这里透过窗户看着外面虔诚的信徒和涌动的人潮。不知是什么样的感情驱动,人在这里,宗教的神圣感格外强烈。当达珠指点给我们看神像和达赖坐过的椅子时,我几乎是不假思索地倒头便拜。我的内心和所有的藏族信徒一样,也渴望接近神并得到神的庇佑。

看完殿堂出来，我们和几个喇嘛一起坐在屋顶上晒太阳聊天。他们非常友善，让我们一起分吃小面包，还把甜茶倒在纸杯里请我们喝。这是冬天的好处，不见了人潮喧嚣，关门闲坐，长日迟迟。一只黑猫慵懒地依偎在老喇嘛的脚边，他很自然地用手指帮黑猫把眼屎揩干净。

得知铭基同学是香港人，喇嘛们颇为兴奋地和我们聊起了香港的明星。"刘德华、张学友、郭富城……"一位胖喇嘛掰着手指，口里喃喃自语，"四大天王，四大天王，还有哪一个？""黎明。"我笑着说。他还知道成龙、李连杰、周润发。"周润发很好！"他认真地点着头，"李连杰也可以，他也信佛。"……"还有一个，香港的，个子小小的，小小的……年纪嘛大一点……他去年来过我们这里……"他摩挲着下巴上的胡茬苦苦思索。我和铭基对视一眼，搜肠刮肚地想着。铭基忽然说："曾志伟？""就是！就是！"喇嘛们眉开眼笑。

告别他们，我和铭基在屋顶上散步，试图找到记忆中残留的那些影子。然而人的记忆又是多么不可靠——重访旧地才发现，原来我们五年前是坐在大昭寺屋顶的三层而不是二层。不过我们依然幸运地找到了一起坐过的椅子——虽然当年的一长排塑胶椅子已经被拆到仅剩三个。

我们在那里坐了很久很久。看经幡随风飘舞，看天上云卷云舒。这些年来异乡为客，混迹孔方之场，身心俱疲，也因此总是刻意逃避怀旧，已经很久不曾细细回想曾经在西藏发生的一切，而大昭寺的屋顶却像一部时光机，将我带回五年前的场所，令我心跳加速，神思恍惚。

我觉得这一切仿佛就在昨天。那个黄昏我就坐在这张椅子上，对面的金顶在夕阳下宝光闪烁，天上的云彩洁白丰腴……真没想到啊，没想到五年前西藏的点点滴滴一直占据着我思想的一角。我曾以为这些记忆的碎片没有生命，可是我错了，它们一直活着，活在我曾给予它们的奥秘的生命之中。一个人其实总是与围绕着他的事物相伴相生，在人生的某个阶段，我们把这些事物连同一部分的自己都遗忘在世界的一角。然而终有一天，我们偶然又看见了这些东西，它们在我们面前蓦然涌现，现实的巨大力量如一道闪电般照亮了前尘往事，曾经的我们也随之复活。

我震惊地看着当年的那个自己。天哪，我几乎已经不认识她了……她天真冲动，无所畏惧，简直像是一个随时有可能发生的意外；她的经历是一张白纸，对世界一无所知，可是热爱做梦善于想象，正卯足了劲儿准备航行于"仙人世界里的七个大海和十三条河道"；她活在永垂不朽的灿烂希望之下，梦想像大昭寺的金顶一样接近而真实……倘若此刻她推开时光之门朝我走来，恐怕只会与我擦肩而过，根本认不出这个萎顿世故的最熟悉的陌生人。

就在那一刻，我忽然明白了那种"有什么地方不对劲"的感觉究竟是怎么回事。

这种"不对劲"的感觉已经纠缠我好些日子了。让我想想，应该从何说起呢？

在我看来，2004年在英国举行的那场小小婚礼更像是一种结盟仪式，原本都是独行侠的两个人终于决定从此并肩作战，共同抵抗平庸乏味的生活。婚后我们一头扎进广袤无边的成人世界，平时拼命工作赚钱，周末购物逛公园看展览和朋友聚会，一有假期就满世界飞来飞去地旅行，并将这一切都热热闹闹地记录在博客里。我不爱自己的工作，可也深深感谢它带来的舒适生活。工作之余我努力读书写作，或许是为了证明自己还没有被商业社会所吞没？这样的生活不但一过就是好几年，而且渐渐发展出一种天长地久的势头，简直可以一眼看到几十年以后。常有博客的读者写信来说羡慕我们的生活，我也总是试图说服自己：知足吧你！人家可都说你正过着健康合理有益社会张弛有度细水长流的幸福人生呢！

然而还是有什么地方不对劲。"难道这就是传说中的中年危机？"上下班时挤在沙丁鱼罐头般的伦敦地铁车厢里，看着身边一张张和我一样面无表情的脸，我的心也麻木得仿佛失去了知觉，"可是我还没到中年吧？……"

又或者我只是不愿意承认罢了。直到在大昭寺屋顶上清清楚楚地看到当年的自己，我才终于能够勇敢地把压在心底的那句话说出来——

你在成人的世界里迷失了。

高等教育、世俗标准的好工作和中产阶级的幸福生活，这些东西就像猪八戒的珍珠衫，使我迷惑于它炫目的光彩，又不知不觉地被它束缚。它不停地诱惑和鞭策着我：你知道别人有多羡慕你么？去向你的同事们学习！投资，储蓄，参加退休金计划，购买人身保险，一年两次出国旅行，买一幢大房子，生两到三个小孩……

渐渐地，一切都变了。身边的人都在异口同声地赞美着名牌包、跑车、游艇、会员制俱乐部和五星级酒店。对物质的信仰超过了诗歌，做梦是不切实际的表现。我失去了曾经拥有的那种勇猛无畏的生机和活力，成长为不动声色的大人，而我的世界也最终变成了他们的世界。就在此时此地，我终于明白以往摆出的姿态都是自欺欺人——不，我根本没有成功地抵抗住平庸乏味的生活。比这更糟的是，它反过来将我变成了一个平庸乏味的人。

"什么？"我忽然如梦初醒，"当年我不过是签下了一纸雇佣合同，可没签字同意它彻底改造我的人生！"

小时候读《约翰·克利斯朵夫》，对其中的一句话印象深刻却似懂非懂——"大部分人在二三十岁时就死去了，因为过了这个年龄，他们只是自己的影子，此后的余生则是在模仿自己中度过，日复一日，更机械、更装腔作势地重复他们在有生之年的所作所为，所思所想，所爱所恨。"现在我懂了。开始怕了。对于死亡的恐惧摄住了我——精神与理想的死亡。

还好，还好我还不算太老，仍有改变的可能；还好灵魂并没有消亡，只是沉寂。

"嚓"的一声，像是有人在我的心里划了一根火柴，照亮了尘封已久的初心与梦想。一个念头正是在重返西藏的那段日子里冒出，起初只是一剪微弱的烛光，最后终于烧成一把熊熊大火。

似乎人人都爱西藏。不知别人是出于什么原因，于我个人而言，是因为它包含了我的一部分，而我也包含了它的一部分。西藏具有一种赤诚坦荡的气质，它能令我不由自主地卸下一切伪装，抛开"别人的眼光"的桎梏，与自己的灵魂来一番深入交流。2003年离开拉萨时我写道"西藏之行可以改变你的人生观"，"西藏之行使我变成一个全新的人"，现在我却觉得，每个人的内心深处都有本来面目，我们只不过经由不同的机缘，通过不同的方式，将覆盖其上的东西一层层剥掉，最终发掘出那个最为真实的内核。

从西藏回到伦敦后不久，我在博客上写了一篇题为"Gap Year"

（间隔年）的文章，第一次梳理想法袒露心迹。之后，经过两年的准备，我和铭基终于迈出了那一步——辞掉工作，退掉房子，开始我们在拉丁美洲和亚洲的间隔年旅行。这样的长途旅行一直是埋在我心底的梦想，我也希望通过它来实实在在地认识这个世界，认识居住在这世界上的人们，认识我自己。而我的信心也很单纯——只要一直望着比自己更广阔的事物，我知道自己终会抵达的。

其实辞职旅行最初只是我一个人的主意。我知道铭基喜欢自己的工作，心态轻松，并没有我那么多的"花花肠子"，对生活也相当满意。可是他一直把我的迷茫看在眼里，也理解我的想法，当我第一次向他透露辞职旅行的念头时，他二话不说，立刻无条件支持："走！一起去吧！"——这家伙的语气就像在说一起去看场电影那样轻松。

忘了在哪里看到过这样一句话：如果有人能够理解你，那么即便与你待在房间里，也会如同在通往世界的道路上旅行。我何其幸运，有一个理解我的人愿意与我一道去真实的世界旅行。

2011年5月9日，两个在路上认识的人，终于又一起上路了。

铭基

其实《藏地白皮书》的原型只是一本自己手工制作的小册子，在我们英国的婚礼上送给朋友们作为礼物。婚礼的前一天晚上我们还在忙着打印和装订，一直弄到四五点钟才去睡觉……后来我把它上传到 MSN Space 的博客分享，并在和菜头博客的推荐下得到一个偶然的机会于 2008 年 5 月成书出版。

可 2008 真是一个多事之年：奥巴马当选、南方雪灾、拉萨 314 事件、汶川地震、北京奥运、毒奶粉、金融危机……在这一系列"劲爆"的大事件轰炸下，也因为我们长期在国外居住而没有特别为新书安排任何宣传活动，《藏地白皮书》的出版发行这件小事很快就被淹没掉（其实严格来说可能连一件"事儿"也算不上）。尽管无声无息地出版了，《藏地白皮书》却凭着口碑这样原始的方式传播了出去。在书出版前还有点担心我们的故事是不是太落俗套太单薄，等到书累积了很多读者反馈的时候我们才放下心头大石。

虽然书已经出版了，但其实这个故事还没有真正结束——那个在大昭寺屋顶立下的五年之约。在《藏地白皮书》出版前后，不少人受到我们故事的启发而去到西藏，这些人包括素未谋面的读者，我们的好朋友，还有我的岳父和岳母。也许他们曾经打算带着这本小书在西藏寻找自己的幸福，又或者只是想跟随我们当年的足迹走走看看：八朗学、珠峰、白居寺、玛吉阿米、大昭寺……眼看 2008 年快要过去了，难道我们要眼睁睁地看着自己变成食言的人？

回到拉萨

2008年12月26日，飞机降落在北京首都国际机场。从机场大巴下来，我们拖着箱子来到北京站的火车票预售点，买了两张第二天晚上从北京西站出发到拉萨的火车票。从五年前拉萨—大理—深圳—北京—香港—伦敦的曲折路线，到现在反过来直接走伦敦—北京—拉萨，当别人在印度洋或者加勒比海享受着阳光与海滩的假期时，我们选择了从一个很冷的地方来到另一个更冷的地方。我们的想法很单纯，仅仅是为了兑现五年前许下的一个承诺。我们两个人对这片土地的热爱并没有因为确定的关系而减弱，反而变得更加坚定了。

与送行的老王匆匆告别后，我们背着跟当年一样的行囊连跑带跳地登上了从北京开往拉萨的列车。数年前青藏铁路的建设推动了我的第一次进藏之旅，而现在这个曾经被我视为"洪水猛兽"的交通工具却真真实实地把我再次带到西藏。冬天进藏的游客非常稀少，经过格尔木站后我们那一节车厢就只剩下我们俩、一位藏族老奶奶和列车员。经过四十多个小时的车程和数顿方便面，列车最终驶进了簇新的拉萨火车站。

终于回到拉萨，兑现了我们的五年之约

一直听说拉萨的冬天没有想象中冷，说什么高原的阳光很温暖，白天气温可以达到十几摄氏度等等，可我们刚搬到青年旅舍位于一楼的房

"2008 年12 月,我和铭基从伦敦出发,一起奔赴当年在大昭寺屋顶订下的五年之约。对于大昭寺,对于西藏,我一直心存感激。更何况,我也想看看当年的那个自己。"

"2008 年12 月，伦敦—北京—拉萨。
我们从一个很冷的地方来到另一个更冷的地方，
仅仅是为了兑现五年前许下的一个承诺。"

"大昭寺那熟悉的颜色、声音和气味穿越时间的雾霭,排山倒海般扑面而来。我们坐在二楼的屋顶,看经幡随风飘舞,看天上云卷云舒。"

2008年冬天，真与铭基在风转咖啡馆。（上图）
与薯伯伯阿刚及两位朋友在仓姑寺喝甜茶。（下图）

2011年5月9日,傅真、铭基开始了两个人十六个月的间隔年。

"那是梦一样的十五个月,一整个广袤的世界在面前徐徐展开。我们省吃俭用居无定所,一无所有却又仿佛拥有一切。"

2012年去往阿里的途中。西藏,是傅真和铭基间隔年的最后一站。

"与拉萨相比,阿里是另一个世界。它是万山之祖,百川之源,雪山连绵不绝,原野辽远无际;它包含着所有的过去以及所有的明天。"

2012年的拉萨，傅真、铭基、菲和多多。
八年前伦敦认识的朋友菲，如今已在拉萨安身立命。

"经历过的一切,有如一块块散落在时光中的拼图碎片,只要跟随着诚实的心的指引,我知道它们终将合而为一,并向我呈现出它们的意义。"

间就觉得特别阴冷，然后用手摸摸房间的床、被子、桌子、凳子等等，都是冰凉的。睡觉前好不容易要来了电热毯，我们尽量把手脚放在被子里面暖和的地方，因为被子外面的地方摸上去基本上都像冰块一样，就连枕头旁边的手表也好像刚刚从冰箱里拿出来一般。当天晚上，倒时差、高原反应和感冒导致我一夜失眠。在英国住惯了有暖气的房子也让我这个南方人抵御寒冷的能力大大下降了。第二天早上我们决定要搬去有暖气的地方。还好因为是淡季的关系所以旅馆的打折优惠幅度也蛮大，我的噩梦也随着搬到大昭寺广场附近的一家有暖气的旅馆而结束。

五年前因为修下水道的关系，八廊街被弄得支离破碎，这一次我们终于有机会把这个转经道完整地转了一遍。除了大昭寺以外，这次八廊街上我们能辨认出来的只有新华书店和玛吉阿米。因为冬季是西藏的旅游淡季，八廊街两边的摊贩卖的都是藏族人的生活必需品。来这边的藏族人不是朝圣就是来办年货的，感觉冬天的拉萨才是更加真实的拉萨。

重访八朗学

从上一次离开西藏时不确定的关系到现在已经共结连理，我们的心情也是从无奈转变成温馨。虽然这一次我们没有再次入住八朗学旅馆，但还是怀着无比期待的心情前往这个我们相知相遇的地方。北京东路上的商店已经焕然一新：我曾经租过睡袋去珠峰的 outlook café 已经不见了，取而代之的是一家一家的酒吧。从亚宾馆一路走过来，经过吉日旅馆，来到八朗学。我看见八朗学对面的一排楼都因为被火烧过而拆掉了，我们当年的"八朗学食堂"肥姐饭店也已经不复存在。在靠近街道的前排一楼，以前常常跟阿明他们一伙人去聊天喝甜茶的昏暗小馆已经变成了杂货小店。

最后我们在八朗学的大门前停下，这是我们五年前在西藏分别的地点——那个超长的拥抱发生的地方。在冬天这个几乎没有游客的旅游淡季，这里显得特别安静。告示板上贴着的已经是几个月以前的拼车信息了。这里的变化极少，除了301房间下面的二楼扩建了一个小房间以外基本上没多大改变。从那道又窄又陡的楼梯照样可以爬到三楼的走廊，爬到那时候我们聚会聊天的地方。对面天台的咖啡座就是我和平客、阿明常常喝咖啡、晒太阳和聊天的地方。可惜的是当年在西藏认识的朋友们现在已经各奔东西，只剩下我们两个在故地重游。

五年间，我们结婚了，青藏铁路通车了，拉萨也在这一年成为了新闻焦点。最后，我们兑现了承诺回到拉萨。虽然这个城市也变得紧张起来，路上多了很多维持秩序的警察和军人，可是当我们走过八廓街，走进大昭寺，跟着那些虔诚的藏族人一起转经时，那种似曾相识的感觉又回来了。在这里，空气是那么稀薄，天空是那么近，一切都是那么美好。

他乡遇故知

如果不是事先在网上查好地图研究了半天，这一家隐藏在小胡同里的咖啡店是很难被发现的。风转咖啡馆（Spinn Café），老板是香港人阿刚和他的泰国朋友小平。阿刚在泰国旅行的时候认识了小平，两人一见如故，成为好友。有一天这两人突发奇想，决定从泰国骑自行车到拉萨定居然后开一家咖啡店，风转咖啡馆于是就这样出现在拉萨老城区的一个角落了。

阿刚在网上又名薯伯伯、Pazu，常常活跃在一些旅游论坛，为大家解答有关西藏旅游的各种疑问。很多年前，我就已经在追看他的亚洲游记，他的足迹遍布中国、尼泊尔、印度、巴基斯坦甚至阿富汗。游记中关于西藏的部分，让我产生了巨大的兴趣，也可以说是它们启发了我后来的西藏之旅。其中印象比较深刻的是他如何在青藏线上绕过检查站成功"偷渡"进入西藏（那时候香港同胞去西藏旅游还需要入藏手续），还有在印度鹿野苑住在日本寺庙的经历。这一次我们来到拉萨时刚好他也在这里过冬，让我有机会可以拜访一下这位"同乡"。

当我们来到风转咖啡馆时，碰巧阿刚不在店里，店里的服务生说他刚刚出去办事，更可惜的是小平也因为有事暂时回了泰国。咖啡馆虽然地方不大，但是装修让人感觉很温暖，吧台前面贴满了各种杂志对咖啡馆的采访。过了不久阿刚回到店里，客人不多的时候我们便开始聊了起来。原来咖啡店已经开业一年多，他跟我们娓娓道来他和小平一手把咖啡店建立起来的种种困难，不过还好现在咖啡店的业务已经上了轨道（后来连《孤独星球》也推荐了这家店）。不聊不知道，越聊越投机，等我们混熟了之后每次见面总是以互相挖苦开始，常常聊到深更半夜才说再见。

从此风转咖啡馆便成为了我们在拉萨的落脚点，差不多每天我们都会去店里面坐坐，喝喝风转"独家"的柠檬特饮和越南滴漏咖啡。在公历新年倒数的时候，擅长搞气氛的阿刚在踏入新年的那一刻带领大家同唱粤语歌《财神到》，虽然有点无厘头，但是大家都玩得很尽兴。有时候我们会吃着爆米花看阿刚表演出神入化的魔术，又或是看拿着啤酒瓶充当麦克风的他载歌载舞地献唱张国荣的《Monica》。除了跟我们说他在拉萨生活的趣事，阿刚还带我们到仓姑寺喝甜茶，吃藏式咖喱饭，晚上去串串王吃夜宵……来风转咖啡馆的顾客里面有不少是拉萨本地的藏族人，于是我们又认识了一些藏族朋友，当中包括他们店里的服务生央宗和拉珍，藏族美女阿古兰姿和曾经是风转咖啡馆店长的卓嘎姐。

我在阿刚身上看到了另一种生活方式：一种随心所欲、完全不受世俗约束的生活方式。跟大部分留在西藏的外地人不同，他留在拉萨完全不是为了金钱、装酷，或者在逃避什么，他努力学习西藏文化，用藏语和当地人沟通，广结善缘的他走在大街上也不断有人跟他打招呼、握手。他留在西藏的原因很简单，只是因为喜欢这里，喜欢这里的人和事，并竭尽全力与当地融为一体。

我们已经在英国循规蹈矩地生活了五年多，除了假期旅游的时间外基本上都不属于自己。阿刚这种生活确实让我羡慕，也让我不禁问自己：我想要的是一种怎么样的生活方式？到底去哪里、做什么才是我最想要的？

再次上路

从西藏回来后,我们的生活再次陷入低落的状态。这个故事教训我们:假期过得有多 high,回来以后重新回到办公桌前就有多 depressed(失落)。除了在网上看看机票,计划下一个假期目的地这种治标不治本的方法以外,没有什么可以从实质上舒缓英国冬天的阴霾天气所带来的失落。

就在这个时候,傅真向我提出了间隔年的想法,希望我们可以暂时放下工作,按照自己的意愿去旅行一段时间。我对她提出这个想法丝毫不感到诧异,因为一直以来她的工作对于她就好像鸡肋一样,不怎么喜欢,但是因为丰厚的回报又不想轻易放弃。而经过 2008 年的金融危机以后,社会上对这个"万恶"的行当积攒了极大的怨气,一夜间投资银行家从社会精英变成了过街老鼠,人人喊打。所以这份工作不但压抑了她天性里的自由和活泼,就连在道德上也无法带给她满足感。

相对来说,我对现状确实没有什么不满:一份还算满意的工作,住着一个不错的房子,一年 25 天的带薪年假。眼看身边的朋友已经在英国买了房子,生了小孩,但我深知自己对这种一眼就能看到头的生活还没有准备好。原本我们就没有在英国长期居住的计划,只希望能在这边累积一些工作经验以后就回国定居。伦敦是我们很喜欢的城市,可是我们也早就知道终有一天会和它说再见。在离开英国和回国定居之间,间隔年确实是一个非常好的过渡,我们俩本就都热爱旅行,间隔年可以让我们在再次回归正轨之前好好疯狂一下,也顺便利用这段时间认真想想自己到底喜欢什么样的人生。为了能走更远看更多地方，我们暂时放下了回国后先去农村支教的计划，改成在间隔年期间当短期的志愿者。

2002年离开香港到南京工作，后来去了英国的普利茅斯，接着又搬到伦敦，我仿佛已经习惯了这种四处漂泊的生活模式。很难分辨是我不安分的性格造就了这种生活模式，还是这种生活模式造就了我的性格。现在我强烈地感觉到我骨子里面不老实的基因，完全被傅真的间隔年提议唤醒了。

从决定"出走"到实行计划的两年是一个漫长的煎熬期，尤其是在经济和家人的谅解这两方面的顾虑比较多。投资银行工作很辛苦，有时候傅真上班时受到的压力太大，回家后会忍不住哭出来，我真的很想跟她说：不要管那么多了，我们明天就走！可我是一个百分之九十九理智加百分之一感性的人，我只能边安慰她边对自己说："The best is yet to come（最好的还未到来）。"

在准备离开英国前的那几个星期，我们每天都在忙着购买旅行用品、收拾房子和打包准备海运回国的东西，可怜的睡眠时间被压榨得只剩下一点点，只能靠喝红牛来维持体力。等到我们对着空空如也的房间和已经打包好的18个纸箱的时候，我知道我们离梦想已经不远了。

2011年5月9日下午1点50分，伦敦飞往墨西哥城的航班起飞了。那一刻我们就好像同时按下了人生的重启键，共同翻开人生中崭新的一页。

藏地白皮书

VOL.02 2012年

后来
>>>

后来

你觉不觉得，
其实，人生才是最最奇妙的旅行？

真

那是梦一样的十五个月，一整个广袤的世界在面前徐徐展开。我们省吃俭用居无定所，一无所有却又仿佛拥有一切。在路上的日子每一天都像赌博——你永远也不知道在前面等待你的是什么。我们看见过热带雨林之中被金刚鹦鹉包围的雄伟金字塔，驱车穿越只有上帝才配居住的一望无际的纯白盐田，在世界尽头般的沙漠里邂逅一个如红宝石那样明艳的湖泊，在清晨的薄雾中等待四千座古老的佛塔从梦中醒来；然而同时也被小旅馆的蚊虫跳蚤疯狂攻击，感染疾病发起高烧，在黑暗的洞穴中游泳探险撞得浑身是伤，在危险的中美小国走夜路差点被打劫，亲眼目睹人间地狱般的贫穷失序以及生命的逝去……

尽管如此，我的心依然为每一种新鲜的颜色、新鲜的声音和新鲜的气味而跳。相比起在伦敦时如行尸走肉般在家和公司之间来回穿梭的日子，我觉得自己又重新"活"过来了。在陌生的国度里，我既没有过去，也没有名字，因此有机会重获新生，用一颗毫无伪装的真心去看待自己和这个世界。

　　我们间隔年之旅的最后一站是西藏。是的，又是西藏。九年前我和铭基不约而同来到这片神奇的土地，没想到那次旅行竟成为一个转折点，从此改变了我们的人生。四年前重回拉萨，在大昭寺的屋顶听到了内心的声音，于是打碎已经建立的生活开始这场环球之旅。如今我们第三次进藏重游故地，为这十六个月的旅行画上句号，然后走下山去面对人生中新的未知。冥冥之中，也许一切都是命中注定。

一

　　你无法不相信宿命。走出贡嘎机场的那一刻，看着站在猛烈日光之下的那两个人微笑着慢慢走近，"宿命"这两个字就如海浪般一波又一波拍打着我思绪的堤岸。

　　菲把两条雪白的哈达分别挂在我和铭基的脖子上。"欢迎来拉萨。"她的嘴角上扬。站在她身边的那个男人有一双温柔又豁达的眼睛。

　　我紧紧拥抱她。

　　八年前伦敦认识的朋友，如今已在拉萨安身立命。

　　伦敦华人圈子不大，当年我们与菲和她先生过从甚密，至今仍很怀念当年在她家包饺子过年的热闹愉快。可是有一天，没有任何征兆的，菲远在国内的父亲如常外出晨练却再也没有回来——他就这样失踪了。听到这个消息，菲立刻向上司请假，第二天就赶回了老家。

　　而这只是这个曲折故事的开头而已。菲和妈妈尽了最大的努力却仍找不到父亲，甚至直到现在都没有半点音讯。而悲剧却偏偏接踵而来——首先是菲的婚姻，她无法抛下母亲回到英国，她的先生却在此期间移情别恋,两个人的婚姻因此走到尽头。然后,就像是老天故意测试她承受力的极限——菲的妈妈被检查出癌症晚期。她不得不陪在妈妈身边悉心照顾,无法依从内心的愿望去北京发展自己的事业。

自从菲匆匆回国,我们就失去了联系,直到在和菜头(是的,就是促成《藏地白皮书》的和菜头)的"树洞"网站上看到菲的"树洞来信"。尽管她用了化名,我仍在第一时间就反应过来——这是菲!这是她的遭遇!我深受震动,把那封信看了一遍又一遍,深深心疼我的朋友,无法相信命运的残酷与无常。

信的结尾令我稍感安慰:一个偶然的机缘,菲在丽江认识了藏族男人巴桑,异地恋情已经持续了五个月。字里行间能看得出菲对他的爱,虽然她也对这段异地恋的归宿感到迷茫。

等到我们在贡嘎机场见到菲和巴桑的时候,已经又是三年过去了。

命运在菲身上尽情演绎着它的残酷与悲悯。是的,菲和巴桑有情人终成眷属,而他们的孩子也已经快满两岁了。菲的上一次婚姻一直没能怀上孩子,和巴桑在一起后却很快有了身孕,这不能不说是上天的安排。然而菲的妈妈却最终病重不治,没能等到外孙出生的那一天。

巴桑是公务员,当天刚好要下乡工作,却仍特地抽空来机场见我和铭基一面,诚意拳拳令人感动。菲开车送我们回旅店。我坐在副驾驶座,看着窗外蓝得离谱的天空和青黛色的山脉,还有身边手握方向盘四年未见的菲,好半天都精神恍惚。别后的岁月仿佛一笔勾销,曾经熟悉的人出现在一个你本以为她最不可能出现的地方,久别重逢的欣喜与时间空间的错乱感相互交织,令我产生了一种类似于高原反应的症状……我依稀看见"宿命"如一只藏羚羊轻快地跃过面前的公路,在消失前转过头对我狡黠地眨了眨眼。

　　在西藏停留的日子里，我们常常和菲小聚。如今她定居拉萨，以东道主的身份热情招待我们，而我们也渐渐从一杯杯咖啡、一场场交谈和一段段午后时光中拼凑出她在藏地生活的情状。我觉得很欣慰，因为菲看起来非常幸福。她容光焕发，心态随和，对高原生活毫无不适；她的儿子多多机灵可爱，笑起来眉眼弯弯，简直让人无法拒绝他的任何要求；藏族公婆善良纯厚，加之双方都只是粗通对方的语言，反而不容易产生矛盾，婆媳之间甚是和睦；巴桑就更不用说了，光是看到他注视菲的眼神，便知道他的心早已不属于他自己了……

　　当然也不是没有遗憾。在伦敦时菲是一名律师，到了西藏却几无用武之地，只得抛弃老本行，在拉萨开了一家小小的儿童用品专卖店。可是我看见她穿着漂亮的裙子和高跟鞋，架势十足地查看货品嘱咐店员，举手投足依然充满职业女性的光彩。上天总是在关上一扇窗的同时又悄悄打开另一扇，凭着菲的聪慧和坚韧，我知道她就算在黑夜里也能看到天上的星星。

　　离开西藏前，我们在阿刚的风转咖啡馆里告别。我忽然意识到自己这些日子以来竟渐渐产生了一种"娘家人"的感觉，如今我们这一去又要留下菲一人在拉萨，虽然放心却仍是依依不舍。我轻轻抚摩着多多的小脑袋——下次再见到你的时候，你是否已经长成大小伙子了呢？

　　当天晚上看到菲发的微博：

　　"刚和毛铭基夫妻俩在风转西藏薯伯伯的咖啡厅道别，2005年在伦敦认识至今已有八年了吧！因为他们我对西藏早已神往，未想自己找了一个藏族夫君。因为他们我恋上旅行，试图循着他们的足迹走过欧非。

如今在他们相遇相爱的城市却又道离别,人生如此戏剧性。祝愿他们俩的人生继续精彩!"

我一个人对着屏幕傻笑了起来。

菲,你觉不觉得——其实,人生才是最最奇妙的旅行?

二

第三次进藏,感觉与前两次完全不同,竟然有点像……回乡探亲?

街道景物固然亲切,更叫人牵挂的却还是那些熟悉的面孔。风转咖啡馆依然是我们的"根据地",阿刚依然在鬼马疯癫的同时也用心钻研西藏文化,一口藏语说得益发流利,他带我们进行的"大昭寺周边一日游"更是令人眼界大开。当年在店里打工的央宗也已从西藏大学毕业,如今在藏医院工作。小女孩长大了,交了男朋友,脸上的青涩已然褪去。工作太忙,笑起来都带了几分倦色,可是那一份藏族人的真诚与豪爽却仍与记忆中一模一样。

老天实在待我们不薄,更大的惊喜还在后头——

平客回来了。

说来也怪,每年有那么多人到西藏旅行,偏偏我们遇见的尽是些"古怪"的家伙——或许会选择在"非典"期间去西藏旅行的人或多或少都有些"失常"吧……想想也真有意思,人年少的时候去了什么地方,遇见什么人,交往什么样的朋友,其实并没有什么说得出来的道理,余生却往往在不同程度上为那段经历左右。2003年拉萨一别,几年来断断续续听到他们的各种消息,竟都不是循规蹈矩之辈:杰辞去人人羡慕的好工作去了农村支教;黄半仙教过书,做过义工,回香港继续投身广告业,又再一次出走游历世界;平客在我们分别的第二年一路骑行又去了西藏,留在那里工作了一段时间,之后回到内地换过几份工作,又一脚踏进了神秘的娱乐圈,而且于2009年在拉萨河边开了一间家庭客栈"平小客的窝"……

平客一般在北京和拉萨之间两边跑,由于工作关系,本以为这次在拉萨碰不上了,谁知他的工作临时变动,电话里传来他兴高采烈的声音:"后天就回拉萨了!等着我!"

隔着九年的时光,我们重逢在拉萨的青年路上。

三个人勉强还能称得上是"青年",然而时间对待每个人都是同样的公平与残忍。我们在拉萨街头相视而笑,将眼前人的模样小心翼翼地重叠在记忆深处的形象之上。平客胖了一些,头发变回了黑色,多了胡茬和黑框眼镜,却依旧是不折不扣的型男。他的两只手臂上尽是密密麻麻的大幅刺青,这是他经历的一部分——就像我的耳洞铭基的伤疤,都是彼此错过的那九年中极微小的一部分。

第二天我们就搬去了"平小客的窝"。本以为是一间小小客栈,谁知竟是连在一起的三幢两层平房,一共十三个房间,三个宽敞的院子都洒满阳光。也难怪客栈的员工总戏称平客为"连排别墅的大老板"。平客一向好品味,每个房间都布置得温馨雅致,却又各自拥有不同的风格,连小小细节都做得极为用心。一只巨大的古牧犬带着一种永无止境的天真的热情在院子里来回奔跑,狗如其名,它的名字叫做"开心"。我歪倒在廊檐下的懒人沙发上,眯着眼看紫色幔帐在阳光下呈现美妙的光泽,心中的满足感就像流水一样哗哗往外淌。其实我和铭基一向对安稳的生活并无特别向往,平日里总以"栖栖一代"自居,可来到这家一般的地方,任你是浪迹天涯的旅人也会生出求田问舍之心哪。

住在这里唯有朴素的"舒服"二字可以形容。在路上的日子里住过太多闹哄哄的青年旅舍,我们很高兴能在这间老朋友开的家庭客栈享受一段静谧悠闲的时光。平客和铭基都爱下厨,大家每天一起做饭,聚餐,喝酒,谈心,怀旧,看电影,顺便八卦一下各种娱乐新闻……这一切太过美好,有时连自己都觉得是不是有些太奢侈了——真的,我原以为这样的朝夕相处秉烛夜谈无所事事都只是学生时代的专利,不曾想在成年人的世界里也能重温九年前八朗学的时光——随意挥霍没有明天的时光,什么都不做也觉得心安理得的时光,简直像是从世界的某处偷来的一般……我坐在院子里听着音乐上着网,一边等待开饭,一边心满意足地叹了口气。

平客是半个娱乐圈中人,因此也常有一些"圈内人"来到客栈住宿。有一天他随口向我提起:"明天会有一位非著名女演员去你们那个院里住。"我当时乐了一下:"非著名?有多非啊?"这时开心扭着它的大屁股扑了过来,然后我就彻底把这茬儿给忘了。

第二天下午,我正坐在廊檐下看书,屋里走出来一个高挑纤瘦的姑娘,她伸了个懒腰,一转身看见了我,便笑着打了个招呼,坐下来与我攀谈。我和她聊着天,心中暗暗喝彩:好一个标致的人儿!连素颜都这么清秀……

在英国居住多年,我很久没看过国内的电视剧。等到我终于反应过来的时候,已经和这位美人聊了好半天了。忽然脑子里灵光一闪,我如梦初醒,一时间口不择言:

"啊!你就是那个非 zh……"

理智及时赶到,硬生生将后面几个字吞了下去。我咽了口唾沫:"……非……非常好看的女演员!"

或许是经过了娱乐圈和各种工作环境的打磨,平客很明显地成熟了。每次想到九年前的他,脑海中就有巨大的"热血"两个字在闪闪发光。我和铭基向客栈的员工"爆料",说他们的老板当年可是个充满激情的热血青年,曾经在八朗学的走廊上向每个人大声朗读他写的文章《在"非典"蔓延的日子》,大家都惊讶骇笑,连平客本人都用手捂住脸不断呻吟——那样的青涩终究也过去了。

如果说从前的平客是一块原石,那么现在的他就是从原石中琢磨出来的美玉,光华内敛,温润和煦。他的举止更从容,心态更谦和,也不再轻易发脾气。说实话,这次重回拉萨,起初几天真的有些失望,因为这座城市的变化实在太大了:街头巷尾草木皆兵,几步一个岗亭,连进入大昭寺前的广场都要通过安检;"现代化"的建筑越来越多,像成熟的果实膨胀开来,却与拉萨的气质毫不相称……我向平客抱怨这一切,他却微笑着以"境由心生"的道理来开解我——物随心转,境由心造,烦恼皆心生。一开始我并不接受,觉得事实就是事实,毋需掩耳盗铃;可后来想深一层,渐渐也就接受了他的劝解——既然事实不可变更,与其一味抱怨,倒不如积极调整自己的心态,境随心转则悦,心随境转则烦。

尽管血液不再随时准备着燃烧,然而血液的成分却并没有改变。平客仍与九年前一般细腻而感性,并且依然活得比我认识的绝大多数人都更为真实和自由。生活中我看见过太多人签署了浮士德式的契约,被金钱、地位和所谓的"职业生涯"榨干了全部活力。可是平客从来都拒绝出卖自己的灵魂,他对自己诚实,他一直是自由的。想去西藏的时候他立刻骑上自行车出发,想在西藏多待一段他就努力在当地找工作,爱上一个女孩的时候他就不顾一切地和她在一起,想开一间客栈他就踏踏实实地付诸于行动……人人都有梦想,可是有些人的梦想永远只是梦想,因为他们缺乏平客身上那种自由的心性和行动力。

当然,我知道平客和黄半仙这类人的人生不一定符合社会主流的价值观,可是我深深地尊敬他们,因为他们永远忠于自己的内心,因为他们从来不在乎那些不值得他们在乎的东西。在《藏地白皮书》中,他们是所谓的"配角",然而在真实的生活中,他们一直勇敢地主宰自己的人生,从不随波逐流。

我相信人生中有无数的偶然性,它们像一副多米诺骨牌堆积出你的命运;可我同时也相信,每个人在面对这些偶然性时的不同态度和反应,才最终决定了我们不同的命运。

与平客相处的日子悠哉自在,没想到离别的时候却一片慌乱。临时打不到出租车,担心赶不上机场大巴,我们沉陷在着急和沮丧之中,几乎丧失了告别的情绪。好不容易"抢"到一辆出租车的时候,时间已经非常紧张了,我只得迅速地和平客拥抱一下,然后手忙脚乱地把自己和行李一起塞进座位。车子开动了,我趴到玻璃窗上不停地朝他挥手,一幕幕的记忆编织成网,拖拽着我的目光。看着窗外他渐渐变小的身影,感觉竟好似刚刚挥别了自己的青春——令人庆幸的,不曾循规蹈矩的青春。

三

这次终于去了阿里。与拉萨相比,阿里是另一个世界。它是万山之祖,百川之源,雪山连绵不绝,原野辽远无际;这里像月球表面一样荒凉，可高耸的神山冈仁波齐却被信徒们视为"世界的中心"；它仿若生命的禁区，却又是野生动物的乐园；它包含着所有的过去以及所有的明天。

天地间的超凡壮阔令人肃然，可是我们的阿里之行却更像是一出喜剧。出发前我们努力搜寻各种拼车信息，希望找到一个熟路又靠谱的藏族司机，或者至少是一辆西藏本地车，结果出发当天发现一辆广东牌照的吉普车正在等待着我们……司机老何是汉族人，性格极开朗幽默，非常能聊，可是随着旅程的推进，我们惊恐地发现其实他自己也是个游客！因为公司有事停业一段时间，他特地借了朋友的车子从新疆开来西藏旅游（别问我，天知道为什么新疆的车却有一个广东牌照），来了之后便索性跑跑各种线路，旅行的同时顺便赚点外快。好吧，这也罢了，实践证明老何车技的确了得，我们渐渐放下心来，然而没过几天我们再次惊恐地发现——这辆车除了牌照是真的，其他所有的证件统统都是假的……因此每次过检查站时老何都把车停远，然后不停地给卫兵递烟套近乎转移注意力，而我们也每次都在车里暗暗捏一把冷汗。

老何属于那种不肯变老的中年人，胸腔里永远跳动着一颗年轻的心脏，热爱冒险，不怕吃苦，怎么玩儿也玩不够。然而时光和阅历又造就了他"成熟"的那一面——也许我见过比他更长袖善舞八面玲珑的人，可是没有一个人能够像他"玲珑"得如此自然，连一身江湖气都挺招人喜欢。老何无论在任何地方都能与当地人迅速打成一片，三寸不烂之舌堪比《九品芝麻官》里的周星驰，二百元的门票可以被他硬生生说到减为二十元，这项本领一路上帮我们省了不少银子。

不过老何有时说话口无遮拦也颇令人骇然。自从路边开始出现奔跑的藏羚羊，他就不断地流着口水怂恿大家"我们去弄一头回来吃吧"，"火上烤一烤加点盐就肯定很好吃了"，后来路上真的躺了一头被车撞死的藏羚羊，他反倒犹豫起来："不能停下来吧？被别人看见了会以为是我们撞死的……"，车开过去好半天他又后悔了："可惜啊可惜！"在冈仁波齐峰脚下，他一手叉腰一手指着山峰，用他的南腔北调胡言乱语："sén sān（神山）啊sén sān，我倒要看看你到底有多sén？！"结果当天晚上他就生病了，之后一路上都鼻涕眼泪狼狈不堪。回程再次经过神山脚下，他扑通一声就跪下来："sén sān啊sén sān，我再也不敢了！"

老何总说我们全车五个人里一定有位"贵人"，因为一路上运气都好到极点：车子疑点重重，却在无数个检查站眼皮底下瞒天过海；天气总在我们需要下车拍照的时候突然变好；远看神山时总是云山雾罩，可每次刚到跟前云雾就会奇迹般地忽然散去，归途去看珠峰时又再次上演了同样不可思议的一幕；一同拼车的小陈同学在路边看野驴时丢了帽子，可直到上车很久以后才发现。本以为原野空旷，风力强劲，帽子肯定早就被吹跑不见了，谁知几天后回来经过同一地点，那顶帽子居然就好端端地躺在草地上……

"我就说了嘛！这么邪门儿，肯定是有贵人在车上，"老何右手食指重重敲打着方向盘，脸上的慷慨激昂却旋即被一丝赧然的微笑代替，"嘿嘿，不过反正不是我。"

"也不是我，"我条件反射似的说，"我连末等奖都没中过……"

"肯定不是我！""也不是我！"……剩下的人也都纷纷摇头摆手，急着撇清。

没有人愿意当贵人，所以两个小时之后，伴随着一声闷响，车胎爆了。

"没事！车上有备胎。"老何怔住半晌后终于反应过来，一边安抚我们，一边爬到车底下试图把那个爆掉的轮胎卸下来。

他卸不下来。

他又去工具箱里扒拉。可是没有，根本没有合适的工具。

我们站在荒山野岭里，一筹莫展，面面相觑。

你在哪里啊，贵人？

又过了好一阵子，老何终于拦下一辆过路车。车主也没有工具，但他同意载老何去前方的一个镇子寻找汽车修理工。而我们就留在原地守着车子等待他归来——如果他会归来的话。

公路寂寥得宛如流星的轨迹，风的呜咽与苍凉的开阔融合得完美无缺。同伴们或站或蹲，发着呆，踢着石头，用小木棍在土地上划拉……脸上都是百无聊赖的表情。"不如我们玩儿扑克吧？"田姐提议。

可是，我不想玩儿扑克。

如果……如果我说，其实我一点也不觉得无聊，甚至还挺享受这种感觉，田姐会不会觉得我很变态？可是，真的，在内心深处，我的确暗暗希望老何不要那么快回来……

因为阿里之行就快要结束了。而再过几天，西藏之行也要结束了，这也意味着我们十六个月的长途旅行走到了终点。寂寞公路上一辆爆胎的吉普车和无所事事的乘客，没有什么比这个更有"在路上"的画面感了。我抓紧也许是最后的机会享受着"在路上"的感觉——如果背景音乐是 Rascal Flatts 的《Life is a highway》（《生命是条公路》），一切就更完美了。

我站在一片真实的荒原上,却又恍如站在时间的荒原中,过去十六个月的日子宛如巨幕电影一样在眼前生动地重现——数不清的意外,数不清的第一次,数不清的惊喜,数不清的震动。陌生的环境促使我从一个全新的角度来省察自己的生活,而如今来到旅途的最后阶段,我终于开始感受到自己已经或正在发生的改变,而那些对我来说真正重要的情感和观念,也渐渐变得越来越清晰。

旅行教会我谦卑和感恩,也令我意识到自己是何等幸运。曾经拥有那份并不喜欢的工作是种幸运,抛下它周游列国也是一种幸运,能够得到父母的理解更是一种幸运……然而最最幸运的是,漫长的旅途上一直有他陪伴在我身边。

记得结婚七周年纪念日时,我和铭基正在危地马拉一个偏远的山村学校里学习西班牙语,既没有条件也没有心情去庆祝,因为那"七年之痒"实在令人抓狂——之前在伯利兹潜水时被严重晒伤的背部开始大幅度地脱皮,简直奇痒难忍。每天临睡前我们都会互相检查对方的脱皮状况——哇,你的背上已经出现了一幅中国地图!哈!你的还只是一个个小岛……

谈论着如此猥琐的话题,我的心里却倍感温馨。出发旅行前确曾有过担心:在英国时我们俩工作都很忙,每天大部分时间都在办公室度过,真正两个人在一起的时间还不及和同事们相处的时间长。然而在长达一年多的旅行中,两个人却必须朝夕相处,每天牢牢"粘"在一起,共同面对各种未知。距离太近,会不会慢慢把美感磨损掉?从早到晚对着同一个人,会不会渐渐开始厌烦对方?

"一定会的，"我的同事伊让斩钉截铁地说，"我和我男朋友一起去度假，一个星期以后两个人就都受不了了！"

可是，随着旅行的深入，我渐渐意识到之前的担心纯属多余。除了洗澡时爱唱粤剧《帝女花》（代沟啊代沟！）和睡前聊天不到五秒钟就能睡着这两件事之外，铭基是我能想象到的最好的旅伴。他乐观，聪明，能干，不管身处何种环境都能很快适应，和他在一起永远都有无穷无尽的话题。而最令我震撼的还是他身上那股探索的热情，什么都想尝试的好奇心和勇气。

在印度他坚持要去租摩托车来骑。拿到钥匙后，我有些狐疑："你以前开过摩托车嘛？"

"没有哇！"他兴高采烈地说。

然后他就直接发动了。他真的敢开。而更要命的是——我居然也真的敢坐。

铭基同学不但自己总是亲自上阵，还每每鼓励我也去尝试各种我从来没有试过，也从来没有想象过自己会去尝试的东西：

"喂，看到河边那棵树上的秋千了吗？坐在上面，使劲荡出去，荡到河中心，然后你就跳下去！跳到河里！"

"跟我一起去冲浪嘛！很好玩的！女生也可以冲浪啊！"

"接下来我们要穿越这道瀑布……"

"下雪也是可以徒步的啊！"

"……来，你右脚可以踩在这里，这块石头可以支撑……啊sorry……你没事吧？"

"我们去报名参加禅修班吧！"

……

虽然身上多了一些伤痕，可我依然感激他。如果不是他的推动，我想我永远也不会领略到探险的刺激，冲浪的乐趣，禅修时的清净心以及在崇山峻岭间徒步的美妙，也永远不会知道自己身上还有多少尚未被发掘的潜力。

他令我意识到爱并不是凝固不动的东西。正相反，爱是永无止境的探索和学习，两个人都应该尽力鼓励和引领对方见识更多更美的东西，成长为更加丰富与宽容的人。

我转过头去看铭基，他正若有所思地望向远方的天际。这一刻我的心中本应充满了罗曼蒂克的情感，可是鬼使神差，第一时间浮现在脑海里的却是他几天前疯狂挥舞一块抹布的"英姿"……

在扎达住宿时，我们的旅馆房间被一个庞大的苍蝇军团占领了。把窗户打开，苍蝇数量却有增无减。大概有一百只苍蝇在房间里狂轰滥炸，我被它们搞到差点发疯，使用了包括书本和鞋子在内的各种武器去跟它们拼命，效率却低得可怜。铭基同学冷眼旁观了一阵，然后镇定地开了口："我来。"

他把一块抹布浸了水，拧成长条，然后抓住一头，朝着苍蝇的方向，像甩动一条鞭子那样猛地甩了出去。

你可能无法想象这个方法是多么有用和高效——他就像一个神勇无比的将军，手起"鞭"落，所到之处，"敌人"溃不成军，纷纷倒地不起；但你应该可以想象得到我当时的目瞪口呆以及深深的仰慕之情……

这就是他了。虽然有时沉默如冰，有时固执如牛，却从来都是个天真有趣的人。不是不谙世事，而是能用一种清新的心思看待事物，又由于本身有真性情在，于是这天真反而比别人来得要更清醒；而有趣——在一个想象力普遍贫乏的社会里，有趣几乎是一种稀缺珍贵的品质。和他在一起，我知道生活永远不会乏味，而我们也永远会有勇气有愿望去追求更有意思的人生。

所以我虽然留恋旅行的日子，却并不会因此逃避即将回归的现实生活，正如 Rick Nelson 在《Garden Party》中所唱，"if memories were all I sang, I'd rather drive a truck（如果除了回忆无歌可唱，我宁愿当卡车司机）"。如果我说我已经从这次旅行中一劳永逸地找到了所有问题的答案——生活的意义，存在的价值，理想与现实的平衡点……那肯定是在说谎，然而经历过的一切——包括那些看似毫无意义的细节——有如一块块散落在时光中的拼图碎片，只要跟随着诚实的心的指引，我知道它们终将合而为一，并向我呈现出它们的意义。

正如我九年前来到西藏时，身在其中懵懵懂懂，并不知道人生即将在此发生转折，然而隔着时光回首望去，云开雾散，一切都豁然明朗。而五年前重返西藏，原本只为履行一个约定，却由此引发了之后的间隔年旅行。可是现在想来，在大昭寺屋顶上最初萌发的那个念头，真的是全然由自己点燃的火种么？回头再看的时候我才明白，人生中的每一场相遇都自有它的意义——铭基、平客、杰、黄半仙、阿刚……我们在西藏的邂逅看似是无意的巧合，可他们的性格和故事却在无形之中影响着我，变化悄然而缓慢地发生。所以我有理由相信，在路上的日子就像一把钥匙，而它将会打开一扇门——一扇我或许尚不知晓，但终会摸索到的门。

老何坐着修理工的车回来了。换好了轮胎，我们再次上路。

夕阳缓缓下沉，前方的道路就像人生一样一望无际。都说人生是一场漫漫长旅，可我觉得，那些主动选择自己命运的人的内心航程，才是这个世界上最最漫长的旅行。亲爱的读者朋友们，祝你们旅途愉快。

铭基

地球上有那么几个地方就像鸦片一样，让我们总是想一去再去：巴黎、印度、西藏。

十五个月在路上的时光的确是多姿多彩，可我们还是惦记着那片地方。虽然在南美洲的安第斯高原和印度的达姆萨拉可以找到一点相似之处，可是不一样就是不一样。那里的天空、阳光、山脉、湖泊、宗教和人们都是独一无二的，就连呼吸一口稀薄的空气的感觉也让人记忆犹新，在回忆中，就连高原反应也变成美好的了。

我们决定以西藏作为我们间隔年的终点站。就像九年前第一次进藏一样，回到生活的正轨以前总是会随性而为，想去哪里就去哪里。

我总是在想，如果传说中玛雅人的世界末日是真的，那么在这一天发生以前我要和真把臂同游阿里的神山、圣湖、古格王朝，看藏羚羊和晒大佛，再去看看拉萨的大昭寺。2012年8月13日，我和真再次踏足我们九年前相遇的地方。

第三次进藏，难免会和上两次的经历作比较。上两次进藏的经历对于我们来说无疑是很美好的，所以这一次进藏也会有所期待。在拉萨老城区我们确实看到一些让人觉得心痛的变化，譬如游客太多，打车太难，安检太严，寺庙里僧侣太少，街上"便民服务站"太多等等，但可能是随着年岁的增长又或者是十五个月在路上的阅历，整个人变得比以前宽容，所以我也没有觉得失望。或许痛苦的根源不在事物的本身，而是我们看待事物的心态。不知道如果佛祖释迦牟尼来到现今的拉萨，是否也有同样的感慨。

留言板

这一次为了拼车去阿里旅行,不得不去各大青年旅舍的留言板查看拼车信息。我们当年也是因为拼车的缘分而走到一起,那时候的网络没有现在发达,不像现在可以在出行前就先在网上论坛约好旅伴,并且提前把车定好。当时拼车的机会大多是通过在拉萨的三大旅舍(亚宾馆、吉日、八朗学)认识新朋友来进行的。这一次我们来到如今拉萨人气最旺的平措青年旅社,一进去已经被那两块大大的留言板完全吸引住。八月份是拉萨全年最繁忙的旅游旺季,所以这个时候留言板上已经贴满了告示,有些地方甚至已经被重复贴上了好几层。我们一直在寻找"拼车"、"阿里"、"南线"等几个关键字,可是最先吸引眼球的却是其中一张告示里出现的"激情代排"四个字。

"激情代排?"我们异口同声,面面相觑。

细看下来,原来全文是"胖妹妹们激情代排布宫门票"。啊,原来只是收钱代人排队购买布达拉宫的门票……再看其他告示,不乏更直接更开放的:

"萌妹子寻伴……"

"单身男子徒步xxx地区,诚邀一美女作伴,住宿不用担心,本人有帐篷一顶……"(听起来很像是别有用心……)

"……求被帅哥/美女捡"

"……指定80/90后帅哥/美女,夫妻勿扰……"(已婚人士被赤裸裸地歧视了……)

见识了现在年轻人勇于直接表达的程度，我真的觉得我和傅真当年的交往过程实在是太太太缓慢、太太太含蓄了。我相信《藏地白皮书》的故事如果是发生在现在的话，原来已经不多的内容应该还可以再减掉四分之三。

最后，我们把不带任何修饰的很"老土过时"的拼车讯息贴到留言板上。结果是可以预想到的：告示贴了四天都没有人来电查询，直到第五天发现告示已经不知所踪。

两本书的约会

还记得那个教我如果写信的时候想不到写什么，就先从"你好吗？"开始的，八朗学301的室友——香港同胞阿明（也就是黄半仙）吗？他是我们当年在西藏认识的朋友，也是我们俩故事的见证人。这个家伙当年在八朗学给我留联系方式的时候，还一脸很酷的表情："其实就算留下联系方法以后也不会真的用，等回去以后我们就会马上变回陌生人，相信再也不会有机会见面。"

真的不会有机会再见面吗？

离开西藏以后，我们虽然各奔东西各有各忙，却一直保持着联系。所幸还有facebook和博客这些好东西，能够填补岁月和距离造成的不便。《藏地白皮书》出版后，阿明非常兴奋地发来电子邮件问我哪里可以买到书，因为他在香港和深圳都遍寻不获。感念于他当年把喝得烂醉的我一路拖回八朗学301房间的"大恩"，我在2008年8月的某日带着有我们签名的《藏地白皮书》和阿明约好在香港大围火车站附近的一个小酒吧见面。那天晚上,他还带了一本从西藏带回来的书——那本我离开西藏前"托付"给他的《Lonely Planet Tibet》终于在五年后物归原主。于是两个人的约会又变成了两本书的约会。

与我们在英国一成不变的打工生活相比,阿明的人生显然精彩得多。当年离开西藏以后,他辗转到贵州山区一所小学支教了一段时间,最后回到香港重新投入工作。他告诉我他有一个理想:在云南的贫困地区开办一所孤儿院亲自打理,让那些毫无依靠的小朋友可以在院里得到同样的家庭温暖。他也深深知道这是一个非常庞大的公益项目,需要详细计划资金的投入和以后的运营成本。我感觉到眼前的阿明已经不再是那个当年在西藏和我们一起风花雪月的他,离开西藏以后的经历和岁月的沉淀让他变得更加成熟,更有理想。2003年的春天,"非典"肆虐的时期,坐在大昭寺广场上聊天的四个人:我、傅真、平客、阿明,那时候的我们可能只想到自此一别大家都回归各自的平凡生活,却没想过那一次的藏地之旅让我们四人的人生都发生了翻天覆地的变化。

到了2010年,他老人家又坐不住了,把做得如日中天的广告公司的工作辞掉,然后在东南亚游历了一圈。我们那次见到他的时候,他刚刚结束旅行,回来以后打算全职攻读大学学位。他比我们早到了一个多小时,一个人坐在尖沙咀诺仕佛台的酒吧里自斟自饮,看起来却一副自得其乐的样子,像是早已习惯了孤独。就像我们每一次见面一样,源源不断的话语总离不开西藏、旅游、公益、计划与理想等平时我们很少遇到知音的话题,那份默契远胜过很多身边常常见面的朋友。得知我们在计划实行间隔年后,细心的他还叮嘱我们到时候要记得带一个小小的烧水壶,又鼓励我们尝试参加内观禅修。

从 2012 年开始，他尝试以自己的力量进行小型的公益事业，不依附任何机构，从筹款到选址策划和后期汇总都是以一己之力来进行。当我在网上看到他在马来西亚中部探访当地孤儿院的剪辑视频时，真的觉得他是一个身体力行的人，而且待人接物方面有极强的感染力。最近一次与他见面已经是在我们结束间隔年回来之后，当时我们正准备回国展开新的生活，而他也已经把学位完成并重新投入到工作中，同时一步一步地向自己的理想迈进。

我期待着有一天我们会去到云南的某个小村庄，在阿明开办的孤儿院里再次相聚。

如果《藏地白皮书》还有续集的话

《藏地白皮书》如果还有续集的话，内容应该离不开我们在英国八年的生活和离开英国以后在路上十六个月的经历。这些点点滴滴，大部分已经记录在傅真的博客"最好金龟换酒"里面。博客的内容五花八门：从家常小事、旅途感悟、娱乐八卦，到文学、艺术、政治。我曾经在接受杂志访问时说过最欣赏傅真的正义感、不做作和她独立的思想，可是还有一样同样重要的优点没有提到：她的写作天赋。在大大咧咧的性格背后，她却有着极为细腻的文笔。从 2006 年初到现在，她一直坚持在博客上写作。就算 MSN Space 被迫关闭了，她还是决定自己花钱租网域名和服务器来维持博客的更新，只是为了保留自己的一片天地。作为她每一篇文章的第一个读者，这一份荣誉足以让我骄傲一辈子。

虽然我的文学修养远不如她,但她还是非常包容地鼓励我多看书充实自己。在这点上我非常感谢她,也是因为她我才懂得发掘对方优点的重要性。如果不懂得互相欣赏对方的优点,那一段感情只会建立在彼此依靠的基础上。我们从来没有吵架,并不是因为我们完全没有意见分歧,只是大家实在是太珍惜对方,太不把面子当一回事,知道吵架的恶言会像一把刀一样割在对方身上,就算伤口愈合了还是会留下疤痕。我们都想把最好的东西留给对方,生怕对方为了自己而受委屈。在决定践行"间隔年"的决定上,我们都给予了彼此莫大的勇气,使我们两个人合起来的勇气比单纯相加更大。(传说中的"夫妻同心,其利断金"?)间隔年的经历将会和西藏的经历一样成为我们生命中极其重要的回忆。

从中美洲到南美洲,从印度到东南亚再到西藏,我们旅途中的每一天事无大小都是共同度过的:在墨西哥战战兢兢地开始旅途,在伯利兹浮潜后严重晒伤,在危地马拉学西班牙语,在委内瑞拉徒步天使瀑布和罗赖马山,在南美洲坐两天两夜的长途汽车,在秘鲁徒步印加古道,在玻利维亚的波托西当矿井工人,在阿根廷品尝葡萄酒和牛排、学跳探戈,在印度果阿骑摩托车穿梭大街小巷,在加尔各答的垂死之家当志愿者,在普什卡过撒红节,在清迈过泼水节,在蒲甘的清早骑自行车去佛塔上看日出,在槟城吃遍大街小巷,回泰国参加内观禅修,在越南河内跟滥收费的出租车司机吵架差点打起来……到最后重返大理,重返西藏。

当傅真背着15公斤重的背包依然健步如飞时,忍受着皮肤过敏的奇痒参观高温的矿井时,三天三夜悉心照顾生病的我时,我发现傅真原来比我想象中更坚强,更能吃苦。(不过傅真还是会偶尔跟我投诉:不要以为我背得起15公斤的背包就把我当成男人来看,我毕竟还是一个女生啊!)这些回忆无论甘苦都是属于我们生命中美好的一部分,足以证明我们曾经年轻过,有勇气去选择自己想过的生活。

如今486天的旅途已经圆满结束,一年多前鼓起勇气一起走出去,现在惬意地走回来。回国以后因为一个不错的工作机会,我们选择了暂居在美丽的青岛,生活从此回到正轨上。回国以前觉得以后一定会在北京定居,经过一年多居无定所的生活以后才觉得,只要两个人相伴,哪里都是家。

亲爱的读者朋友,我衷心地希望《藏地白皮书》可以给予你在生命中的节点做出选择的勇气,哪怕只是一丁点儿也好。当我们在生命的大海上航行,有时可能就只差那一点点的勇气便能转动舵柄、改变航向,就像当年的我选择回到大理一样。

2003年与2012年的八朗学旅馆。

2003年、2008年与2012年，傅真与铭基在大昭寺楼顶同一地点的合影。

"2003年对着天空拍下照片的那个傍晚,暗自揣摩对方心思的那一瞬间,命运之神已经悄悄埋下伏笔。
曾以为从此各走各路的两个人,最终成为相依为命的情侣。"

2003年、2008年与2012年,在大昭寺楼顶拍下不同时间的同一片天空。

"抬头仰望天空,想起电影《心动》的场面,也像模像样地拿着相机对天空拍起来。西藏的那一片天空,我想我永远都不会忘记。"

2003年、2012年，铭基、傅真与平客分别在大昭寺前广场和"平小客的窝"旅馆拍下合影。

"大家每天一起做饭，聚餐，喝酒，谈心，怀旧，看电影……
原以为这样的朝夕相处秉烛夜谈无所事事都只是学生时代的专利，
不曾想在成年人的世界里也能重温九年前八朗学的时光。"

2003年、2008年与2012年，大昭寺前的广场。

2003年、2008年与2012年的八廓街。

2003年与2008年,八廊街上的玛吉阿米。

"玛吉阿米"的名称出自六世达赖仓央嘉措的情诗:
"在那东方高高的山尖,每当升起那明月皎颜,玛吉阿米醉人的笑脸,会冉冉浮现在我的心田。"